不愛，也是一種愛。

橘子作品 19

Choosing not to love
is my way of loving you.

愛人不難，
難的是不愛

不愛，也是一種愛　所以，我才會感慨　我們，只能不愛以愛　儘管，愛情，給我們一次機會。

自序

一個眼神，一次久別的再重逢，當時遙望著距離只剩下我食指那般大小的台北一〇一，我寫下這些原收錄於《妳在誰身邊，都是我心底的缺》筆記本裡的愛情短言。那是〇六年的冬末春初，那是我人生即將重新洗牌的起點，那是一次久別的再重逢，那是一個烙在我記憶深處的眼神；那時候的我以兩天不到的時間，寫下這些精簡卻心深的愛情短言。

但我不知道該拿它們怎麼辦，關於這些濃縮了我好幾年感觸的愛情短言。

後來《缺》完稿時，我決定把它們收錄在隨《缺》附贈的筆記本裡、以愛情短言的姿態，我以為如此一來它們就此從我的心裡解放，鬆脫。

但沒有。

在《缺》之後的每部新稿開啟，我都想起它們，又想起它們，經過《對不起，我想你》、《只是好朋友?!》、《好愛情，壞愛情》，直到《我想要的，只是一個擁抱而已》完稿之後，終於我沉澱出它們該有的故事，在幾次的書名推翻之後，它們找到了屬於自己的故事：《不愛，也是一種愛》。

依舊是虛構的故事、存在著虛構的人物，卻，擁有我那些年來，說也說不出口的，心情，這《不愛，也是一種愛》。

橘子

c o n t e n t s

開場白

相。遇

有些人相遇得太早，有些人相遇得太晚

而，有些人，則是一輩子都不應該相遇

二〇〇七冬

》之一《

葉緋

五年。

望著msn聯絡人名單上、樂樂的這串訊息顯示，連我自己也搞不懂的是、首先我想起的竟是五年這兩個字，或者應該說是：這五年。

不，實際上我甚至還開口默唸了一次以確認，只是我不曉得自己究竟是想確認些什麼？是不再和陳讓見面的這五年？又或者是樂樂的這串訊息顯示：

陳讓病了，想見你們，聯絡我吧。

怎麼會？怎麼了？

一登入 msn 首先我就被樂樂的這串訊息給捉住了目光，捉住了目光、卻怔得動彈不得，幾乎三個小時左右的時間過去，我依舊沒有力氣點開樂樂的對話視窗，甚至就是連更改我的離線狀態都嫌疲憊。

我覺得好累。

樂樂知道陳讓和我曾經有過的關係嗎？

強迫自己把視線從樂樂的這串顯示訊息移開之後，我忍不住的這麼思考，再一次的無聲問著，自從這五年以來、問也問不出口的、什麼。在決心切斷和陳讓的關係之後，我順便也把那群共同的朋友一併刪除、只除了樂樂之外，離開陳讓也離開台北的這五年來，我們依舊保持著最低限度的聯絡：偶爾在 msn 上閒聊幾句，極少數是電話裡的親口問候，還有過一次是樂樂和朋友開車來台中看表演，那次樂樂來了電話約了見面，可是我沒去，加班是藉口也是實際上的理由，只是打從心底我再明白不過的是、我不想面對樂樂，是不想、也是沒有勇氣；儘管我是真心喜歡樂樂這個朋友，儘管和陳讓的那段過去早已經過去，儘管我始終無法確認樂樂究竟知不知道那一年的我們？又或者她其實看在眼底、心知肚明卻基於教養的不願說破？

不曉得。

而其實我真正沒有把握確認的是：那是愛嗎？他讓我開始享受當女人的滋味，但那是愛嗎？當年的我們是愛情嗎？

天曉得。

嘆了口氣，轉頭我望向擱在床頭的鬧鐘：2:55。拿捏不好該是讓自己試著再睡去、又或者乾脆失眠到底的尷尬時刻。

五年。回過頭重新呆望著電腦螢幕、我心想。

這是五年以來第一次我再度渴望安眠藥的夜晚，而抽屜裡還有三顆那年留下來的安眠藥、我記得；儘管五年的時間過去，我依舊清楚的記得那年那晚吞下第一顆安眠藥的感覺：幸福感。

是的、幸福感。

一杯溫開水佐以一顆小小的白色藥丸，接著靜候十分鐘左右的時間，長久以來困擾著我的重度失眠居然就這麼不費力氣的被解決了，而且還不被總是紛擾的夢魔困住，幸福感、當然是幸福感；小小的白色藥丸是那一年裡我亂糟糟的人生中唯一的幸福慰藉，只是這慰藉從開始需要時的一顆、逐漸變成每天固定一顆，接著開始失控成為兩顆、三顆……

「昨天我吞了一顆安眠藥，可是躺了半小時卻還是睡不著，所以只好又下床給自己餵了一顆。」

五年前的某一天，我曾這麼告訴陳讓。

『這不是個好現象哪。』

結果陳讓這麼回答我、以他慣有的作風：不置可否的無所謂；總是無所謂的陳讓，樂樂深深愛著也守護著的陳讓。

「有時候我心想：吞了第一顆安眠藥卻還是失眠著的我，究竟該算是醒著還是睡了呢？」

『當然是醒著的啊。』

「但我是在安眠藥底下的狀態哪。」

『傻女孩。』

傻女孩。陳讓習慣喊著我的暱名，只有在我們獨處時才會這麼喊我的陳讓。

「我開始覺得很害怕，已經好幾次我發現自己在吞了安眠藥之後，結果卻是跑到街上亂晃，我是知道我正在亂晃、可是我真的不知道為什麼會這樣，因為我吞了安眠藥、這不就表示我想要的是好好的睡個覺嗎？後來問了醫生之後才曉得原來史蒂諾斯有個副作用是會夢遊。」

而我沒說的是當時醫生還嚴肅地建議我該停止用藥，結果我很生氣，我氣他不懂失眠的苦，我氣自己為什麼失眠，我氣我的無能為力，只是睡覺這麼簡單的生理動作、我都無能為力；我後來賭氣的換了很遠的醫院繼續拿藥，繼續依賴，或者應該說是、繼續逃避。

『還有亂傳簡訊。』

「嗯？」

『妳昨天傳了整夜的簡訊給我，問我愛不愛妳？問我為什麼不愛妳？我不知道為什麼妳要傳這些簡訊給我。』

「……」

『這些妳都沒有記憶？』

我有記憶，是有記憶，但我以為那是在作夢，真的以為是在作夢；那陣子我的藥量已經到達三顆才能入睡的程度，有時候我一口氣吞下三顆，有時候是一顆一顆的分次吃，但我也不確定的是，在哪種情形之下，我會非自主性的做一些我知道自己正在做什麼、卻不曉得為什麼要那麼做的舉動。

我覺得很害怕，開始害怕安眠藥，害怕卻還是依賴。

多像我們的關係，多像陳讓之於我。

「有一次我吞了安眠藥之後，結果卻聽到兩個老女人的對話，不曉得是見鬼了還是幻聽；還有一次我覺得時空裂開了，耳邊居然出現嗡嗡嗡那樣不屬於這個次元的奇怪聲響。」

『不要轉移話題、小緋，妳知道我要說的是什麼，我有時候會和樂樂一起睡，我們一開始就說清楚的，不是嗎？』

那是陳讓第一次收起他的無所謂而對我嚴肅，第一次，卻不是最後一次。

「我最近開始會嘔吐，一吞藥之後沒多久就下床抱著馬桶吐，我不知道這會不會也是藥的副作用或者其他什麼的。」

我說。

而陳讓沉默，他聽出我話裡沒說的；在長長的沉默之後，陳讓只說：

『去買個驗孕棒檢查，還有，』還有，『妳真的不該再吃安眠藥了。』

「為什麼？」

『因為妳開始變得好像只是想要找自己麻煩，還有，』還有，『還有讓別人感到困擾。』

困擾。陳讓話裡的困擾像個磁鐵似的吸在我的耳膜上，整個晚上我想呀想的就是困擾這兩個字，停止不了的想呀想、想得我心煩了意亂了，我習慣性的起身拿起一顆安眠藥讓自己吞下，接著重新躺回床上時我感到熟悉的昏眩感，接著半小時左右的時間過去，我固定似的下床走向浴室抱著馬桶吐，接著……

——吞了第一顆安眠藥卻還是失眠著的我，究竟該算是醒著還是睡了呢？

——當然是醒著的啊。

「當然是醒著的啊。」

開口，我學著當時的陳讓這麼對自己說，當然是醒著的啊，當然。

接著我不是習慣性的再給自己一顆安眠藥，卻是就這麼抱著馬桶哭了起來。

我哭了整夜直到天亮。

隔天我託樂樂代為轉遞辭呈給陳讓，離開她和陳讓的爵士樂店裡的工作，離開台北也離開安眠藥的救贖以及失控；而僅剩下來的那四顆安眠藥，則隨著搬家的行李和我一起回到台中，留著它並不是想要再使用它，卻是當作一種提醒。

提醒。

而我只是在想：其實那年的陳讓對我而言就像是安眠藥，在人生中某個不知所措的階段裡救贖了我，透過那樣一段不正當的關係，他讓我正視我的逃避也讓我明白我的尋找，就像是安眠藥之於我的作用，我打從心底明白我不會依賴他一輩子，然而不得不承認的也是：他確實是在我最混亂的無助時、解救了我。

如果不是經過那一年的混亂，我想我也不會找到現在這個看似正確的自己，我想。

無論是陳讓，又或者是此時我握在手心裡的這三顆安眠藥。

嘆了口氣，把手中的安眠藥重新放回櫃子裡，轉頭我點開樂樂的對話視窗、說了句無聲的抱歉，然後我關了電腦，拿起手機，撥電話。

》之二《

蘇沂

3:09

耳邊我聽到手機裡響起訊息的聲響，眼前我看見電腦螢幕右下方的時鐘顯示著3:09。

起身我關了電腦螢幕，稍微轉動一下因為盯了整晚螢幕而僵硬到不行的脖子，接著繼續我原本打算的動作、走到吧台給自己沖了杯UCC的即溶咖啡以作為這案子的句點；吧台上是擺了一台咖啡機沒錯，咖啡機是葉緋送我的，不知道幹什麼堅持代替霈霈送給我的；從義大利飄洋過海來的咖啡機，八萬多一台聽說，不過我始終提不起勁來使用它，因為費事又麻煩、這點跟我的客戶真像，我還是情有獨鍾於UCC的即溶咖啡，不囉嗦的快狠準，跟我的作品風格一樣。

精準。

把馬克杯裡的UCC喝乾完全之後，我這才慢吞吞的走上閣樓的臥房，往堆到亂糟糟的床鋪裡撈出手機，果真是霈霈傳來的簡訊沒錯，而簡訊上只有著簡簡單單的五個字：我要結婚了。

我開口唸了一次，然後燃起入夜以來的第十七根香菸，我不確定自己有什麼感覺、是什麼感覺，我只是把菸捻熄，讓自己以大字形的姿勢平躺在柔軟的床上之後才回了電話，終於回了電話：

「什麼時候？」

『明年一月一號。沒吵到你吧？』

「沒啊，剛好把一個案子做好結束掉，嚴格說起來是晚上就已經完稿的封面，不過因為這個客戶很愛催又機車的關係，所以我做好之後就一直擱著然後看著MV直到半夜才mail過去。怎麼認識的？」

『相親。』

「有趣。」

『你不相信？』

「不，我相信，只是這不太像我認識的霈霈。什麼時候妳跑去相親的？」

『今年初，那天我一直打你電話但你不接，氣得要死、真的，但現在反而覺得很感謝。』

「滿酷的。」

『什麼？』

「相親。」

然後霈霈笑了起來，在笑裡、她故作俏皮的問：

『哈囉？有人在後悔嗎？』

「不，我的意思是，相親這件事在妳身上沒想到反而還滿酷的。妳愛他嗎？」

『我們合得來，而且很快樂，不像某個愛了他兩年又等了他兩年的人。是的我愛他，不然我幹嘛嫁給他？嘿！我們還是朋友嗎？』

「就這麼缺我這份紅包嗎？」

『果然還是蘇沂哪、你，沒感情的蘇沂，自私得要命，呵。』

呵。

沉默了稍久之後，霈霈把話題繞回剛才：

『看什麼MV一直？』

「陳逸迅的〈好久不見〉。」
『呵，確實是啊，好久不見，我們。』
「我們？」
『我們，還有我們三個，婚禮那天葉緋也會去，感謝我吧，或者應該說是，原諒我吧？』
原諒我吧？

我多麼想和你見一面　看看你最近改變
不再去說從前　只是寒暄
對你說一句　只是說一句　好久不見

詞：施立　曲：陳小霞

掛上霈霈的電話之後，嘴裡含著未點燃的香菸，一邊我把這MV重新又repeat了一次。

「好久不見。」
張開嘴巴，我對著記憶裡的葉緋說，伸出手，我捉起總是擱在枕邊的錄音筆，閉上眼睛，我試著在心底跟自己說個故事，就像是每個被寂寞惹得失去現實感的夜裡那樣，我會習慣性的對著錄音筆、為自己說個故事，以一種文藝青年的做作獨白姿態，把放在心底的這些那些說成故事，然後……然後天一亮、人醒來，她們就真的只是個故事了、對我而言。

關於這些以及那些的、她們。

她們。

故事不從很久很久以前開始，而是很久很久以後，因為這不是個童話故事，也不會是個太美好的愛情故事，甚至，它連個故事都稱不上是；至多是一些愛情裡曾經有過的無聲言語：眷戀、撕裂、遺憾、逃避……或者其他什麼的。

很久很久以後，她和朋友到夜店裡喝酒放鬆，時間是公務員蓋印章似的尋常夜晚，很一般，一般到不需要任何的理由，就是一通電話，一個默契，這樣而已；同行的朋友是友達以上、戀人未滿的那種：喜歡，但沒喜歡到要直接告訴對方，或者確認。

「老實說，其實妳／你喜歡我對不對？」

這樣一句簡單的話，卻僵在嘴邊說不出口，怕的是對方搖頭，或點頭。

怕得連這方面的玩笑都不願意開，還刻意的避開。

怕尷尬，怕又失敗。

怕前進不了，也無從後退。

怕。

他們相遇得太晚，晚得幾乎不再願意相信愛情，儘管，他們實際上還算年輕；他們友達以上，他們戀人未滿，他們覺得這樣剛好，剛好陪伴彼此的寂寞，卻不至於打擾。

別人的曖昧是困擾，他們的曖昧卻自在。

自在。

地點是老老舊舊的夜店，不時髦，不起眼，不浪漫，不情調，不是戀人們會想要選擇的那種，甚至還有那麼一點不好說破的寒酸，不過卻剛好合適他們的關係：只想喝杯酒，酒夠濃夠純，音樂夠放鬆，燈光夠昏暗，但氣氛卻不夠失控。

這是他們第一次見面的地點，五年前的某一晚，他們記得，都記得；邀約者是朋友的朋友，想要喝杯酒是他們三人那晚共同的邀約、以及念頭，共同的念頭於是牽引他們相遇相聚且相識；而失戀則是他們共同的狀態，這共同的狀態迅速拉近他們的距離，他們沒見過彼此的戀人——或者應該說是：剛失去的戀人——不過他們都能清楚感覺到的是：對於彼此的那個人，他們都愛得夠深，愛得太深。

總有那麼一個人，我們一輩子，都不應該相遇。

依舊的老舊夜裡，依舊徘徊在愛情之外的他們。

在這樣的一個不會被當作約會場所的夜店裡，他們照例是從他的 whiskey 和她的 whiskey sour 開始，開始漫不經意的閒聊，聊聊工作，聊聊新聞，甚至還聊到了通貨膨脹；他們看似無所不聊，可實際上他們從不聊進心底——或者應該說是：從前。

在這樣的默契裡，四方桌上的酒是一杯接著一杯，直到微醺、卻不誤事；所謂的酒後亂事並不存在，存在的只是存心故意，或者應該說是：藉酒裝瘋。

而他們不瘋，不願意再瘋。

第一章

失。眠

躺久了總是會睡著的
而人
愛久了，卻不一定就是你的

二〇〇二末

≫之一≪

葉緋

『躺久了總是會睡著的，而人愛久了，卻不一定就是你的。』

我想起蘇沂曾經說過的這句話，或者應該說是：感慨。

那是我們極少數聊進心底話的一刻，什麼場合、什麼背景我已經想不起，只印象深刻的是：當蘇沂說出這句話時，臉上的表情像是無意間被瞥見了某種赤裸那般，接著下一秒，他警覺的換上平時的刻意膚淺。

蘇沂，謎樣的男人，想得深卻活得淺的矛盾。

蘇沂喜歡看夜裡的MV，熱愛UCC的即溶咖啡，興趣是賺錢嗜好是花錢專長是說謊職業是設計，討厭的是動物、老人、窮人和政治以及兩性作家，偶像是村上隆，因為他的不諱言：藝術需要錢。

『這才是真正的藝術。』

蘇沂說，崇拜的說，並且還補上了這麼一句：

『賣不出去的藝術品就變成只是垃圾了。』

蘇沂自稱文盲拒絕閱讀卻經手排行榜上絕大多數的封面設計，無論是書籍的封面設計，又或者唱片的封面設計，甚至是電影公司的海報設計都拿手，甚至我們認識的那年他還自己親手設計並且製作了新娘婚紗，只不過婚紗早已經完成，而蘇沂卻遲遲不願意和前女友聯絡。

「是終究辦不到祝福她嗎？」

蘇沂只是笑，卻不願意回答。

蘇沂長了一張令人容易產生好感的娃娃臉：乾淨、秀氣卻立體的娃娃臉。娃娃臉之上是流行性強的型男平頭，娃娃臉之下是不高卻比例良好的結實身材，不上健身房，蘇沂恨透了健身房和健身房會員；蘇沂不介意總是被誤會成是大學生，還有，不在乎被質疑他的性取向，不介意，而且還樂意得很；在男同志面前蘇沂表示自己是個異性戀，在被告白的女生面前，蘇沂又變成是同性戀，蘇沂不會拒絕那些追求者，不拒絕卻也不曾答應過；蘇沂享受被追求的虛榮，卻又驕傲的沒見他接受過誰。

『典型的獅子座，只愛被愛。』霈霈說，不屑的說，『因為被愛比較安全，而愛人是種危險，對他們而言。』

「為什麼？」

『因為他們一旦真愛上誰，就會心甘情願的化王為奴，而且還勸不聽。』霈霈笑著回答，笑得不懷好意，『尤其蘇沂對女人的品味實在不怎麼高明，不愛對他反而比較好。』

而實際上霈霈確實是我們當中唯一真正見識過蘇沂戀愛中模樣的人沒錯。

蘇沂曾經和霈霈的姐妹淘交往過，後來女孩離開蘇沂去了日本留學，離開的理由蘇沂絕口不提，只知道女孩用了十二天的時間就決定好處理掉和蘇沂將近一年的感情。

『可能以為自己在演偶像劇吧。』

蘇沂只肯這麼說，而語氣裡是不諒解的惡意嘲諷，有幾次喝多了才會補上這一句：『她應該多等我一年的，媽的就一年！一切就不一樣了，一切！』

只不過嘴裡這麼說的蘇沂，每年始終固定去日本旅行，每年固定去日本旅行的蘇沂，卻始終沒再找過前女友。

『只是單純的喜歡去東京，這樣。』

蘇沂說，說得多此一舉。

霈霈是牽引我和蘇沂相遇的人，而那一年，我們三個人都不好過，很不好過，人生中的最低潮，對於我們三個人而言都是。

那一年。

那一年霈霈困在一段沒有出口的戀情裡、出不來，那一年我放棄夢想接受現實、既沮喪又覺悟的離開台北，那一年蘇沂大學畢業同時被女朋友拋棄、工作與其說是不順利倒不如直接說是沒著落，那一年是二〇〇二年；是在那樣子的失意裡，我和蘇沂不約而同約了霈霈跨年，而兩邊都不好意思拒絕的霈霈則是決定乾脆我們三個人一起過。

『其實我和蘇沂並不算是很熟的朋友。』在那次的電話裡，霈霈略帶歉意的說，『是因為同學的關係才認識的男生，雖然並不是特別要好的同學，不過她倒是想不透的把我當成是好朋友，總覺得很不好意思，因為私底下我還真是結結實實的說了她不少壞話。』

總覺得很不好意思。霈霈說，無論是對於她的那個同學、也就是蘇沂的前女友，又或者是蘇沂本人；正如霈霈所說的，她並不怎麼喜歡那位同學，那位同學稱不上是美人型的女孩，是那種在同性間看來會覺得明顯做作並且討厭的女生，不過在異性間倒是沒話說的受歡迎，性格上偏自私且嬌縱，對於愛情的態度則是有點隨便，這樣的一個女生在大學的最後一年會和學校裡的才子認真交往起來，這點倒是跌破了所有人的眼鏡。

包括霈霈。

『大概就是所謂的負負得正吧！兩個都隨便的人，碰在一起反而就認真了起來。』

不過正如霈霈所言，因為本身並不是很喜歡那位女同學的關係，於是在他們認真交往的那一年間，對於蘇沂這號人物依舊只停留在時常聽說卻從不真正認識的程度，直到那一年的秋天，女同學在畢業之後突然約了霈霈吃飯，說是有著無論如何都需要她到場的重要事情，因為對方的態度過於熱情並且堅持，於是霈霈勉強的答應赴約，赴約之後才驚訝的發現蘇沂也在場，兩個人對於彼此的出現都嚇了一跳，然而後來才明白的是，原來那是女同學想要和蘇沂分手的預謀，果真也在幾天之後，兩人傳出了分手的消息。

『總覺得對他很不好意思哪。』霈霈又重複了一次，『那天是蘇沂當完十二天的補充役回來當天，十二天前還依依不捨送他上火車的女朋友，沒想到在十二天之後就變了心的提分手，只十二天哪……』

不曉得是不是因為這個緣故，分手之後的蘇沂反而把霈霈當起了朋友來，在無所事事的那半年間，蘇沂頻繁的邀約霈霈見面吃飯、甚至時常跑去等她下班，本來以為這個人只是想要藉機向自己打探同學的消息、或者進而試圖挽回，可是看著蘇沂的表現卻又不像是那麼一回事。

『實在是個令人搞不懂他在想什麼的男人，不過那陣子的他，看起來真的很寂寞哪。』

就這樣，原本不認識的兩個人，卻在畢業之後因為分手的緣故，反而急速地熟識起來，還約了一起跨年。

『蘇沂說他會帶個朋友一起，男的。』

在電話的最末，霈霈這麼補充著。

不過實際情形是，那天蘇沂誰也沒帶來、而只帶了自己來，只帶了自己來的蘇沂、對於缺席的朋友倒也沒有想要解釋的意思，他沒解釋、而霈霈也沒追問，只給了一個戲謔的眼神、這樣而已。

——其實我和蘇沂並不算是很熟的朋友。

當我第一眼看到蘇沂的本人時，腦子裡首先想起的是霈霈在電話裡特別強調過的這句話，想起並且懷疑，因為當時並肩坐在我對面、出現在同個視線畫面的他們兩個人，與其說是極熟、倒不如說是契合到讓初次見面的我有種自己是多餘的尷尬感。

然而不消一分鐘的時間，這尷尬感立刻消失殆盡，不消一分鐘的時間，我立刻明白到我眼前的這個娃娃臉男人是無論和誰擺在同一個畫面裡、都能立刻和對方產生契合感的那種人，雖然後來我才明白：看起來和誰都熟的蘇沂，實際上卻從來沒有和任何人親近過。

『還喜歡這地方嗎？』

這是蘇沂開口的第一句話，而發問的對象是我、初次見面的我，不是：妳好。也沒有客套性質的自我介紹，甚至就是連社交性的問候一下我和霈霈是什麼關係？怎麼認識的？這方面的問題也沒有，卻只是拍了拍霈霈的肩膀，接著在她身邊拉開椅子坐定，然後——

『雖然不是什麼像樣的咖啡館，不過卻有自成一格的魅力啊。』

不待我回答，蘇沂自顧著又說，接著燃起一根香菸、抽。

『畢竟是個連名字也懶得取的咖啡館嘛。』

霈霈搭腔，然後他們極得意似的、笑。

無名咖啡館，那是我第一次見到蘇沂的地方。

它是在某個隱密巷子裡一間不起眼的小咖啡館，它不起眼的程度到了搞不好來回經過它二十次，才發現已經錯過它二十次了；它並且就是連店的招牌也沒有，如果不是因為有霈霈帶路的話，大概我會以為那只是一戶飄著咖啡香的尋常住家吧。

它的大門像是要配合它的不起眼似的，設計得相當低矮，我跟在霈霈身後推開木頭的大門低頭走進去；視線所及的是一個極專業的吧台，上面架滿了各式專業的酒杯及咖啡杯，裡頭還有一台大得過份的咖啡機以及另外一台相較之下顯得太小的虹吸式咖啡爐，吧台前來自世界各地的咖啡豆雜亂地隨意堆放著，裡頭站著一個表情很明顯不太想理人的女人，看起來是有點年紀但卻又看不出年紀，大概是這間店的主人吧！她穿了一身的黑，臉色卻異常的蒼白，左手食指和中指夾著一根細長的香菸，卻沒有想要抽的意思；她身後是一個種類齊全的酒架，或許晚上還兼著賣酒吧！這個過份招搖的專業吧台佔去了咖啡館一半以上的空間，剩下的是總計不過五、六張的桌子，就算生意冷清看來也像客滿。

有點超現實的味道，我這樣覺得。

音響裡放送著不知道是哪個年代的西洋老歌，以一種孤獨的姿態獨自在這狹小的空間裡唱著，除此之外幾乎就再也沒有別的聲音了。

不想理人的老闆娘自然是安靜的沒錯，但店裡的客人卻好像約好了似的，無不是發呆著抽菸，或者閱讀，就算是有交談的人，音量也是極微小的；我忍不住想看看店內是不是張貼禁止喧嘩的標語，但是結果沒有；沒有禁止喧嘩的標語，也沒有任何可供閱讀的書報雜誌，不是個合適初相識者來到的地方。

看得出來他們經常來到這裡，經常並且喜歡。

不難理解為什麼。

在初次見面的無名咖啡館裡，我和蘇沂並沒有說上幾句話，至多只是在他和霈霈交談時、盡可能的要自己保持禮貌性的微笑，本身就是個不善交際的慢熟型個性是原因，而心情差透則佔了絕大多數的因素。

本來我以為那次連對話都稱不上有的見面會是和蘇沂的第一次以及最後一次，但沒想到當晚在因為跨年於是到處都客滿最後只好退而求其次選擇的老舊夜店裡，蘇沂卻拿出手機問我要電話、當霈霈離席去廁所時。

『猶豫不決的傷口，是第一次嘗試，對吧？』

當我遲疑著該怎麼拒絕時，蘇沂突然說了這句話，而說話的對象不是我，卻是我手腕上那道不小心露出來的割痕。

我立刻把袖子拉回原處，才想辯解些什麼、或者是乾脆就直接生氣時，他又說：

『有一就有二，最後就變成慣性割腕者。』直視著我，他滿不在乎的笑了笑：『這樣吧，下次妳又和自己過不去時，就打個電話給我吧。』

「幹嘛？」

『讓我說個故事給妳聽哪。』

「幹嘛？」

『轉移注意力，這種事情通常只消轉移一下思緒就可以過去了。』

「什麼這種事情？」

『傷心哪。』

蘇沂說，笑著說，在笑裡又燃起一根香菸，數不清今夜的第幾根香菸了；在燃起的煙霧裡，我聽見自己唸了號碼給他。

那是我們友誼的起點，在那次的跨年夜，又或者應該說是，那句：傷心哪。

≫之二≪

蘇沂

『如果我的人生中沒有二〇〇二這一年的話，那該多好。』

這是在倒數完之後、二〇〇三年的第一分鐘裡，葉緋脫口而出的一句話，像是無心呢喃的一句話，也像是隱忍了整晚終究還是壓抑不住的一句話；就是從這句話開始，我決定要認識這個沉默了整晚、還把傷心釋放在手腕上的女孩。

一句話決定一段友情。多隨性，多蘇沂！

我想像要是霈霈聽了之後，九成九是會這麼說的吧？不過我並沒有這麼告訴過霈霈，甚至沒有告訴過任何人。這才是蘇沂。我心想。

如果我的人生中沒有二〇〇二這一年的話，那該多好。多同感哪……

儘管已經五年的時間過去，至今每當我回想起我的二〇〇二年時，依舊是會感覺到驚訝得不得了，關於我居然能夠忍耐著度過它的這件事情，這二〇〇二年。

簡直像是個壞預兆似的，那個跨年夜我臨時決定不和同學去跨年，為什麼臨時這麼決定倒也忘得差不多了，可能是那陣子剛好和女朋友吵架，可能是那陣子剛好報告趕不完，也可能只是突然發神經的認為：每年每年的都跨年，無聊！更可能只是單純的不想再去人擠人……誰曉得。性格善變的人通常也健忘。我認為。

那是我長大之後唯一一次的不跨年，隔天我簡單的收拾好行李搭上最早班的火車回家，雖然是最早班的自強號不過卻出乎意料之外的客滿，沒辦法只好就這麼一路站回台中，車廂裡有個油膩膩的禿頭中年男子、臉上戴著漫畫似的方框厚眼鏡、張開嘴巴打著響遍整車廂的呼，整個南下的車程我一直盯著他看、視線還離不開，不曉得為什麼他讓我直覺想起父親，雖然嚴格說起來他和父親完全性的不相似，首先父親既沒有戴眼鏡而且沒有禿頭的困擾，總是讓自己保持著清爽模樣的父親年紀應該也大他許多，硬要說的話、也只有睡覺會打呼的這點相似而已吧！母親總埋怨她因此幾十年沒睡過好覺，總是這麼埋怨的母親卻依舊每晚每晚的和父親同床共枕，我不曉得那是不是因為愛？是不曉得也是沒想過要問。

父親有沒有搭過火車呢？

整個南下的車程，我滿腦子想的就是這個問題，當我盯著這個油膩膩的禿頭中年男子時。當然不用說的、父親當然是搭過火車的，只不過那應該是在我出生之前的事情了，因為我印象中幾乎沒見過父親出遠門，打從我有記憶以來，父親母親幾乎沒離開過家裡，是這麼一對不熱愛出門的夫妻。

每天早上父親沒例外的會手裡提著一只母親已經預先幫他泡滿茶葉的鐵製大茶壺，嘴裡叨根黃長壽、跨上他的老舊野狼一二五去到離家不遠的火力發電廠上工，日復一日年復一年，不遲到也不請假，領來的薪水大半是繳房貸，另一半則是我們一家三口的生活費，剩下少到寒酸的微薄零頭則是父親的香菸錢和酒錢，酒是向鄉下親戚買來的私釀酒，因為最便宜，便宜的私釀酒是用大型汽油桶裝著，就擱在冰箱旁邊最顯眼的位置，顯眼到讓我每看一次就自卑一次，還有父親的那只鐵製大茶壺也是，為什麼就不能有美感一點呢？我總這麼自卑著，在心底。

不講究品味的父親卻生出養出追求質感的虛榮兒子，每天老老實實上工賺錢的父親這輩子賺來的錢還不夠還清家裡的房貸，而那筆壓得父親不得不吝嗇的房貸往後卻只花了我兩年不到的時間就還清。

多諷刺。

父親在那一年生病以及去世，一年不到的時間就結束掉了父親五十幾年的辛勞人生。這公平嗎？生命對父親公平嗎？

那一天我記得很清楚，二〇〇三年的第一天，早上十點多我下火車，因為站了整趟南下車程的關係，我的雙腳已經既痛又麻了，於是我找了公共電話打回家要父親來接我，而接電話的是母親，母親為難的說著父親還在睡呢，不曉得是不是感冒了，他很少睡這麼晚的……

「那就叫他起床啊！都早上十點了！」

既累又煩的我吼著母親，接著在母親的可是聲中我摔了電話，賭氣的等半小時左右的時間後搭公車回家，回到家時已經近中午，而父親則是一臉疲憊的坐在客廳沙發上悶悶的抽菸，連聲招呼也不打的我直接回到房間裡補眠，累得連母親來喊我吃午餐也不想理會。

那天我醒在黃昏時分，醒時父親不在家，不等我問、母親就說了父親去醫院看病，因為胃痛得無法忍耐了；直到那一刻起我才明白事態嚴重的程度，因為首先，父親是寧願忍耐也不肯上醫院的那種牛脾氣個性，更何況是這種得掛急診費用的額外花費？那天晚上父親回家，除了肝硬化之外就什麼也不肯再說了，接著隔天，在母親的憂心之下，父親依舊執意上工。

『我還得養家。』

父親說，只這麼說。

那天的父親依舊嘴裡叨著黃長壽、手裡依舊提著他的鐵製大茶壺、跨上他的老舊野狼一二五，依舊的好像什麼事也沒發生那樣、逃避，或者應該說是：認命。

『回學校上課吧，你學費很貴，請假他會不高興。』

母親說，堅持的說。

接著是農曆年前，我接到母親要我請假回家的電話，病危了，不用她說我也猜到。

『明年就可以退休了。』在加護病房外，母親擦著眼淚說，『本來還計劃用退休金去還房貸的，這樣就可以輕鬆很多了，你爸說……』

那是第一次，我具體的感覺到貧窮的滋味；那是第一次，我打從心底憎恨貧窮。

父親在農曆年後過世，幸運的是我們還是闔家團圓了最後一次，那是父親認份而又辛勞的人生中，少數幾次的幸運。

「辛苦工作了一輩子，他卻連台車也沒給自己買過。」

在告別式上，望著父親的遺容，不曉得為什麼，我腦子裡想的竟是這個。

然後是春末夏初，母親重度憂鬱，會發現是因為我回家時親眼看到母親拿起水果刀往手腕劃出一道血，而她的表情卻是恍惚得像是並不曉得自己正在做什麼，當時勉強著自己放下行李冷靜地替母親止血包紮時，抬起母親的手腕，我才驚察這並不是母親的第一次發作。

「把房子賣了吧，在市區買個小一點的公寓住，也不用再繳房貸。」

『賣掉你爸辛苦了一輩子的這個家？』

幾乎是連想也沒想的，母親反問我，我注意到母親說的是家而非房子。

那是我第一次也最後一次這麼問、這麼想。

那天晚上我失眠，不，與其說是失眠、倒不如說是不敢睡，好幾次我下床走到母親的房間察看，確認她是睡著了而不是正在傷害自己之後，才能夠安心的讓自己走回房間躺回床上，只是這安心持續不了幾分鐘我又下床，就這麼反覆直到天亮；天亮時我承認我再也受不了了，瞞著母親我出門辦了現金卡借錢，並且盡可能婉轉的勸母親到療養院休養、避免她一個人在家，聽了之後母親的反應是張開嘴巴想要說些什麼，可是張開嘴巴的母親卻一句完整的話也沒辦法讓自己說出來，只是哭，一直哭。

應該早就這麼做的，應該早一點發現的。這是當時騎著野狼一二五載母親去醫院的路上時，我心底最大的自責。

畢業的時候我把這件事情告訴女朋友、當她抱怨為什麼我每個週末都回家以及好奇為什麼我只需要當十二天的補充役時；接著當我結束十二天的補充役那天，女朋友帶著霈霈一起出現在我們的約會，在那頓三個人的午餐時我心底其實就已經有了準備，果真當晚女朋友來了電話說要去日本留學，我感謝她沒把分手的原因甚至是分手這兩個字說出口，我不怪她逃跑似的離開我。

「換作是妳的話，我也會這麼做的。」

在那通不提分手的分手電話裡，我一直想要這麼告訴她，可是我沒說終究沒說出口，並不是說了連我自己也不相信，卻是因為從女朋友身上我學到一個道理：沒必要把每件事情都告訴別人，尤其當據實以告並不如說謊來得那麼安全時。

掛上電話之後，我感覺到我的身體裡有個什麼不見了，是關於感情的那個部份。

女朋友在秋末冬初離開，女朋友離開的那個下午我並沒有去送她上飛機，我反而是約了霈霈到無名咖啡館泡了整下午，而當時我們的友情已經熟悉到不需要客套的顧慮，於是霈霈便直接的問道：

『她不是今天上飛機嗎？你不去送機？』

「已經不是我女朋友了，幹嘛浪費時間白跑一趟？」

想也沒想的、我回答，我發現我很喜歡霈霈的直接，雖然她的直接經常會無心的傷害到別人而且還不自覺，雖然往後我才明白其實霈霈內心裡並不如她表現出來的那麼直接。

雖然。

『沒感情的人，自私的蘇沂。』

霈霈說。無論是在那天，又或者是往後，霈霈都喜歡拿這句話激我，但她越是激、我反而越是嘻皮笑臉的不以為意，我打從心底把這句話當成是讚美而很滿足的收下。

或者說是提醒。

沒感情的人，自私的蘇沂。

當霈霈再度拿這句話激我時，同樣是在無名咖啡館，只是這一次多了葉緋，並且這一次她的表情更不屑了。

我當然明白霈霈的不屑，但我其實並沒有所謂。

那陣子母親已經出院、雖然時常還是會抱怨著吃藥很討厭，不過精神狀況總算是恢復了穩定，於是農曆年後我告訴母親很順利的找到工作，只不過工作的地點在台北，也於是我沒有辦法再繼續陪她同住；關於這點母親是很失望的，母親搞不懂為什麼我非得到台北工作不可，而我則搞不懂母親怎麼會以為我合適一輩子待在這個偏遠的海邊小鎮，甚至是做一輩子的工？

我不想過父親的人生，雖然我還是很想他。

沒感情的人，自私的蘇沂。

那陣子我免費寄住在台北同事的公寓裡，同事是個明顯暗戀我的女生，個性十分良好的女生，好得不應該喜歡我才對的女生；我對她雖然並沒有興趣不過還是很開心的接受她的提議。

『反正空出來的房間也只有貓在睡，而且治安不好，女生獨居也危險。』

米緋很有這麼回事的解釋。

「那麼我除了陪貓睡之外，還要不要陪妳睡？」

當時我很不正經的這麼反問，結果她只是羞紅了臉沒再往下說去，也沒真要睡她，更何況實際上寄住在她那裡的半年間、我們在公寓裡碰著面的時間或許總計還不到二十四小時，那將近一年裡每天我們一起搭捷運上班，對此出版社的同事沒例外的當我們是在交往，我這方面是隨便他們怎麼想的，而至於她那方面我則儘量不去思考她是怎麼想的；我的第一份工作簡單又輕鬆，就是把畫家們的插畫排好版面送給主編——也就是米緋——過目即可，每天我幾乎只花半小時左右的時間確實工作，其餘則用來躲在棒球帽底下補眠，因為夜裡我還在公寓附近的便利商店上大夜班，白天的薪水交由母親當作家用以及償還房貸利息，大夜班的薪資則是我的微薄的生活費以及償還現金卡的負債；而我不得不承認的是，在那樣子以時數換取金錢的勞力付出時，難免我還是會怨懟母親不但幫不上我的未來、甚至變成是我現在的負擔，如果不是因為母親因為房貸，那麼我就可以把未來放手一搏賭在我的工作室了吧？而不是讓我的時間變成只是廉價的計量化了吧？每當累極煩透時，我難免會這麼怨懟，我沒有遺傳到父親的高尚品格以及無怨無悔，我知道，也遺憾。

在那樣子的時間透支裡，每個月我還是固定回家兩次，是放心不下獨居的母親，也是因為每個月兩次和霈霈她們泡無名咖啡館是我生活裡最大的奢侈以及放鬆，不知道為什麼我就是很喜歡這樣子三個人的無名咖啡館，這讓我有種莫名的安心感，可以暫時待在現實之外的安心感。

而那次的無名咖啡館我記得很清楚，那天的霈霈看起來很煩躁的樣子，她心底壓著什麼事、壓得她透不過氣來，我明顯的這樣感覺到；本來我以為那只是剛好霈霈從美國出差回來的疲累所導致，但後來我才知道原來並不是。

後來。

『沒感情的人，自私的蘇沂。』

就是在那次的無名咖啡館裡，霈霈再度拿這句話激我，才想著嘻皮笑臉著說些什麼時，霈霈又說：

『我記得你以前在學校的時候，是個有才華的人。』

『霈霈……』

大概是察覺到我的自尊被刺痛的沉默，葉緋試著緩頰，不過沒用，因為霈霈以一種存心故意的壞心眼口吻說起我在台北這份簡單又入門的工作、她認為這工作和寄住生活抹殺了我的才華。

小白臉。是的，霈霈甚至還用了小白臉這個字眼，我知道她是想激我生氣，只是我不明白她為什麼要激我生氣。

非得激我生氣。

那是霈霈難得成功激怒我的一次，因為接著我冷冷的反諷回去：

「和個從沒見過面的外國人談網戀搞網戀就比較實在嗎？」

而葉緋的反應是驚訝，於是我們才發現原來我們都沒有告訴過她這些，無論是霈霈口中的小白臉，又或者我不屑的網戀。

那次的無名咖啡館我們不歡而散，那天晚上我接到葉緋第一次主動打電話給我，那是我人生重新洗牌的起點。

第二章

傷。害

越是懂愛的人，往往越是容易讓對方受傷害

就像是

她總是知道該怎麼精準的說出我不想聽的話

》之一《

葉緋

我記得你以前在學校的時候是個有才華的人。

這是霈霈在那天的無名咖啡館裡說的一句話，直接的殘忍，殘忍地令對方不設防的受到傷害，掩飾不了的受傷，就算對方是不正經慣了的蘇沂也不例外。

蘇沂。

在我認識之前的蘇沂。

從霈霈單方面的描述中，我想像在我認識之前的蘇沂是個學校裡才華洋溢的人物，當絕大多數的同學還在試著適應設計科系或者努力上手設計軟體時，同是大學之後才唸設計的蘇沂卻已經早了好幾步接起case來。

『把自己擺在電腦前，花整晚時間就摸熟的東西，沒必要花整學期時間去學。』

霈霈曾經轉述蘇沂這句他曾經在課堂上公然向教授挑釁、順便也令自己在學校裡紅透的成名語，而當時霈霈的表情是崇拜，無論是那時就坐在教室裡親眼目睹的霈霈、又或者後來轉述於我的霈霈，都崇拜。

崇拜。

『應該是這輩子都不用忍受面試的人吧！畢竟是不久之後就會成立工作室的蘇沂哪。』在畢業之後的疲勞面試裡，霈霈這麼感慨著，崇拜的感慨，感慨之餘還不忘補充說明這是蘇沂的前女友以前最喜歡掛在嘴邊的一句話。

只不過誰也沒想到的是，那樣子的一個蘇沂，畢業之後卻沒有成為大家以為的那個蘇沂。

畢業後當同學們忙著考研究所又或者成為社會新鮮人時，蘇沂卻幾乎是立即性的去服完他的十二天補充役，為什麼只需要服十二天的補充役？

『因為我陽痿。』

每當霈霈好奇問起時，蘇沂總這麼回答，不正經的回答，蘇沂一貫的作風；就算霈霈再進一步追問時，蘇沂依舊不改作風：

『方便女朋友甩掉我啊，一年半太為難她了，十二天比較有人性。』

不肯正經的蘇沂，一向如此的蘇沂。

霈霈在那年的十二月開始登機箱的產品設計工作，十二月，畢業後幾乎半年的時間才面試上的好工作、就這半年裡她所面試過的工作來說；然而那時的蘇沂卻依舊每天每天的待在家裡遊手好閒，把難得不用加班的霈霈找到無名咖啡館去待著消磨時間，則變成是他那陣子唯一的出門重點。

『簡直是想把自己的人生就耗在那裡似的消沉。』

有次在前往無名咖啡館的路上，霈霈撞見正在用現金卡提款的蘇沂時，忍不住這麼感慨著。

『真的是可惜了老天爺送給他那樣子禮物般的才華哪。』

霈霈說。

可是這麼說著的霈霈，卻依舊沒有拒絕過蘇沂的邀約，在每個難得不用加班的下班夜晚。

——那陣子的他，看起來真的很寂寞哪。

每當這個時候，我總會想起霈霈曾經這麼形容過的蘇沂，接著我會忍不住的錯覺：霈霈說的是蘇沂，卻也是她從蘇沂身上看見的自己。

沒有出口的戀情。

網戀。

霈霈。

蘇沂。

我曾經一度誤會霈霈口中「沒有出口的愛情」指的是對於蘇沂的暗戀，是因為他們之間極默契的親密感，也是因為他們幾乎可以說是頻繁的見面，更是因為農曆年後、蘇沂突然想通了似的北上面試然後被錄取然後開始工作的這件事情。

這失望了霈霈。

『那份工作根本就配不上他，簡單得要命，薪水又不高，搞不懂蘇沂腦子在想什麼。』霈霈說，並且：『可能是喜歡的人在台北吧。蘇沂好像和他的女主管同居在一起。』

在那天的無名咖啡館裡、當蘇沂還沒到來之前，霈霈悄聲的告訴我，以一種評論的姿態，而姿態裡有明顯的不屑。

才想說些什麼好搭腔的時候，霈霈卻又突兀的提起她這次的出差：去美國，洛杉磯，早餐就吃厚牛排哦，原來老闆比想像中的更有錢，家的後院還有游泳池呢！出發前會計搞錯了害他們在機場露宿一夜，手機在轉機時遺失了，好衰哦——

『還和同行的同事一夜情。』

在毫無頭緒的混亂描述中，霈霈突兀的說出這句話，而我的反應是楞住。

『是個已婚的男同事，忘了是有一個小孩還是兩個，反正這不重要，重要的是我甚至對他連喜歡都稱不上。』

低頭，我望著手腕上的疤；回憶，不由自主的。

『……可能是報復吧，多悲哀。』

抬頭，眼前的霈霈還在自顧的說著，而我，則想起了陳讓。

「報復？」

恍恍惚惚的、我重複，也問，然而霈霈卻是食指捂著嘴立在她唇間，轉頭，順著她的視線望去，我看見正好推開木頭大門走進無名咖啡館的蘇沂。

——這樣吧，下次妳又和自己過不去時，就打個電話給我吧。

我沒想到那個晚上我會真的打電話給蘇沂、在認識了半年之後，我不確定是因為蘇沂在相識之初曾經對我說過的這句話，又或者是霈霈在那次的無名咖啡館裡，無意的自白讓我想起陳讓，更甚至是蘇沂當時那個不設防的受傷表情。

我記得你以前在學校的時候是個有才華的人。

雖然霈霈這句話訴說的對象是蘇沂，不過在旁觀者的我耳裡聽來，卻有著相同的滋味，和蘇沂相同的不是滋味；我不明白蘇沂是為了什麼放棄夢想、埋沒才華、甘於平凡，不明白、也沒想過要問，但曾經我也有過夢想，可而今我也同樣過著夢想之外的生活，我於是能夠明白蘇沂當下的感受，我知道沒有人會無故放棄夢想，我懂得當夢想放開手的那一刻無奈的疼痛，我希望蘇沂放手的原因不要比我的可笑。

我想像要是宇晨也遇見如今的我，或許也會像霈霈那般毫不客氣的挑明：我記得妳以前是個有才華的人。

不過不用說的是，如今宇晨是沒可能再遇見我了，不，與其說是沒可能，倒不如坦誠的說是不願意；因為嫉妒，因為誤會，因為不信任。

因為張立。

張立，和蘇沂和陳讓一樣單名的男人，張立，宇晨愛透了的男人，張立，讓我變成女人的最初。

最初。

宇晨是我在政大第一個認識的朋友，而我之於她，則不僅是第一個、也是唯一的一個朋友；新生報到的那一天，好不容易說服爸爸不用特地放下工作北上陪伴註冊的我獨自走在排隊的人群中，視線被眼前掉落在地板的亮面鮮黃色外套給吸引，蹲下，我撿起外套，起身，我拍拍前頭應該是這外套主人的女生，瘦弱的肩膀從我手中轉過身來，佔滿我視線的是瘦到幾乎平胸的女生，女生嘴裡含著一根沒點燃的香菸，含著香菸的嘴唇蒼白出頹廢的姿態，誇張的粗黑眼線圈出臉上最顯眼的大眼睛，眼睛之上是挑釁意味濃厚的淡眉毛，頭上是和誇張眼妝簡直一氣呵成的龐克黑長髮。

這讓我一時間有種自己此時好像不是置身在政大校園裡的錯覺，直到她開口：

『妳也是新生？』

也。我注意到她話裡的這個字。

「欸。」

『哪系？』

「咦？」

『哪一個科系？』

「哦，財管。」

『土耳其語。』

「咦？」

『我，土耳其語系，還是重考兩年才考上的。』不耐煩似的低頭，終究還是點燃了她唇間的香菸，飄起的菸味引起周遭人群的不悅，不過倒沒有人敢開口抗議。

這點我倒是一點也不意外。

『妳，應屆吧？』

「欸。」

『宇晨，我名字，很不適合我的乖名字。妳呢？』

直到這個時候，我才終於比較適應她的說話方式，於是不再疑問的、我直接回答：

「葉緋。」

『不賴，給我吧。』

我還是愣住。很難令人適應的一個女孩，我當時心想。

『葉緋這名字，挺適合我的，改天我出道了，借給我用吧。』

後來我才知道，很討厭自己名字的宇晨，最大的夢想是玩樂團，以及能夠擁有起碼一張以上的專輯發行；最愛的男人是張立，而哲學系的張立則是宇晨無論如何也要拼了命地考進政大的原因，如此一來她才能夠完成從高中到大學都是張立學妹的心願；最好的朋友則是我，在政大那四年間。

『因為一件外套的關係。』

宇晨總把這句話掛在嘴邊，每當被別人奇怪外型、性格都完全兩極的我們竟能成為好朋友時，雖然有時候我難免想像其實宇晨從一開始就打定主意和學校裡第一個對她說話的人當朋友，因為這會很有她的作風。

第一個這麼問的人是張立，打扮和宇晨同樣視覺系的張立，本身卻突兀的是陳綺貞的追隨者，無論是唸和她一樣的哲學，又或者是和她一樣組樂團。

『很屌，有才華，還組了個團，防曬油樂團，這名字屌斃。』張立說，並且：『宇晨素顏時很像陳綺貞，紙片版的陳綺貞。』

『但氣質沒有，我知道。』

『葉緋有。』直視著我，張立突然的說；明知她會吃醋，卻還是故意的說。『妳有陳綺貞的氣質。』存心故意的笑意漾在張立嘴邊，不管宇晨的明顯不悅，張立依舊自顧著說，對我說：『我寫了幾首曲子，妳看要不要填上詞？我要拿去參加比賽。』

「我不會填詞。」

『是還不會。』摟著宇晨，把臉埋在她細弱的頸間，張立呢喃似的說：『有些事我就是知道。』

有些事我就是知道。

像是咒語似的，張立的這句話催眠了我也激發了我從來就不知道的那個自己，果真以一種自己也難以置信的潛能，我完成了填詞、也交給了張立編曲，接著他追隨陳綺貞的腳步報名參加音樂創作比賽，並且宣布我們的樂團成立，我們，我們三個。

『我是吉他手兼團長，妳就專職打鼓，而主唱換成葉緋。』

張立宣布，原本是主唱的宇晨反應是一句話也沒說的賭氣離開，而這次我沒有抗拒也沒有疑問，我反而躍躍欲試，我發現我其實喜歡這個被發掘了的自己。

未知的自己。

有些事我就是知道。我心想。

宇晨賭氣離開的那晚，被留下的我們，從張立的眼中，我讀到的不只是這句話：有些事我就是知道。

而有些事我也早已知道，當那天張立把臉埋在宇晨頸間、眼神卻是凝望進我眼底的那一刻，就知道。

整個大三我們幾乎沒上過課，每天就是窩在父親買給我的公寓裡練唱以及四處奔波參加比賽，起初我以為我們是在玩樂團，後來我才明白原來我是在玩火；大四那年因為鄰居抗議的關係，父親終於得知我的荒廢學業沉迷樂團，父親勃然大怒：

『進演藝圈？然後為了上版面就拼命走光露點？這不是我要的女兒！』

「你們政治圈又好到哪去？」

那是我第一次向父親頂嘴，從那之後父親揚言切斷對我的經濟供給，關於這點其實我是沒有所謂的，因為當時我們已經開始得到表演的邀請以及唱片公司的試唱機會，發行屬於我們自己的專輯似乎只是遲早的事了。

遲早的事，包括宇晨與日俱增的猜忌，及爆發。

那陣子宇晨已經開始經常大吵大鬧藉題發揮的搞失蹤，不過幸好的是每次張立總有辦法把她安撫下來，把她找回來，把表演完成；可是那天，當我們和唱片公司約好了進錄音室試唱的那天，宇晨卻再度明知故犯的搞失蹤，只留下她傳給張立的簡訊：我看見你碰她！

『臉頰還是頭髮？在哪一次表演時的不小心碰到？』把簡訊拿給我看的張立這麼說，想要試著玩笑的說，但結果卻是差點哭了的說。

「走吧，試唱要遲到了。」

而結果，我只這麼說。

『妳比我想像中的還……』

「嗯？」

『走吧。』把說到嘴邊的話收回，起身，張立握著我的肩膀，重複了我的話：『試唱要遲到了。』

我們完成了那次的試唱，也錯過了那次的機會。

『很好的歌聲，很好的創作，只可惜少了些什麼。』唱片公司的人說，『演藝圈裡有一缸子這樣的好歌聲和好創作等著出片的機會，相信我。』

是吧，沒道理不相信，是啊……

『那位鼓手呢?我記得你們有個女的鼓手,怎麼沒來?你們三個人組起來很搶眼,但分開就——』

『謝謝你。』

打斷他,張立說,然後,握住我的手,我們離開,走出錄音室,也走出我們的夢想。

『去喝醉吧!這種鳥事兩杯酒就過去了。』

走出錄音室時,張立這麼提議,而我沒點頭也沒搖頭,只低頭望著他依舊握住我的手,沉默。那天晚上我們沒去喝酒,我們反而上床,應驗了宇晨最害怕的結果;那是我最後一次和張立見面,我不知道他有沒有愛過我,我發現我其實不太在乎這點,我只感謝他們給了我夢想也毀壞了夢想,那是我失眠的起點。

妳應該相信我的。

傳了這樣的簡訊給宇晨,之後我離開了他們的生活圈回到校園裡把學分修完,失去了夢想也不再有父親的經濟援助的關係,我於是晚上打工,因為反正也失眠;在樂樂和陳讓開的爵士樂店裡,我繼續沉淪,重複之前的錯誤,和自己過不去似的故意重複;我不明白為什麼自己要這樣,不明白也不去想,我只知道那是我人生中最低潮的一年,而陳讓的體溫，是我當時唯一的慰藉，直到隔年父親派人找到我，並且軟了姿態的要我回家為止。

而現在，在霈霈宿命似的告解自白之後，腦子裡迴響著她的那句：多悲哀。眼前我快轉過一幕幕擦身而過的夢想，手邊我拿起手機，撥號，給蘇沂。

≫之二≪

蘇沂

那通電話來得正是時候，在對的時間點上，葉緋的那通電話。

那天在無名加啡館不歡而散（更正確的說法是，我丟了鈔票在桌上，然後自顧著先走掉）之後，懷抱著惡劣的心情我直接回家。

那天母親早上上市場時特地買了兩隻雞，接著花去整下午的時間為我熬雞湯補身體，接過母親遞來費工的雞湯，結果我卻只喝了一口就放下。

「太油了。」

太油了，我說，而不是謝謝，甚至是：媽，妳也喝一點吧。

『可是我花了整天時間熬的，你再多喝一點吧？』

「不用工作的人真好，整天的時間就用來煮雞湯就好。」

丟下這句無禮又不知感激的話，我把母親的受傷丟在腦後，起身上樓去洗澡；那是那年第一個寒流來襲，我記得，我浴室的熱水一直以來就有問題，可能是水壓太小可能是管線老舊可能是熱水器該換了……誰曉得，每次洗澡時出水量很小不說、更要命的是水溫還會忽冷忽熱，夏天其實沒有所謂，但冬天可真的是種折磨，父親還在時總說著要找個時間請水電工過來檢查，可是父親都已經過世快兩年了……

快兩年了。

那天等了一會熱水之後我把身體淋溼，才抹完洗髮精時，這該死的熱水器又鬧起彆扭來，就這麼抖著身體呆望著怎麼就是使不出熱水的蓮蓬頭大概十分鐘那麼久之後，我發現我受夠了，無論是這半故障的熱水器，這貧窮的家庭，這只會把愛煮在食物裡的母親，又或者是我的人生，都受夠了，真的受夠了，不想再忍耐下去了。

再也受不了了。

咬牙忍耐著用冷水把頭髮沖乾淨把身體稍微沖洗之後，穿好衣服我走下樓，衝著母親就是一陣抱怨，又或者應該說是：爆發。

「我浴室的熱水器壞了那麼久，妳為什麼都不找人來修？都冬天了妳知不知道？把我冷死妳高興嗎？」

『我以為你會在我們浴室洗——』

「沒有我們了！」打斷母親，我吼她：「爸死了！留下一大筆房貸、我們根本住不起也用不著的笨房子！害我不能成立工作室害我懷才不遇還被笑！」

『小沂——』

「而妳！妳只會煮雞湯只會掃房子，妳為什麼就不能有用一點！妳甚至還發瘋住院增加我負擔！妳問我為什麼不交女朋友帶回來給妳看？妳怎麼不問問誰敢接受一個發過瘋的婆婆！」

『……』

太過份了，我知道錯了，可是我真的受夠了，真他媽的受夠了！

「我要回台北了，那裡起碼有熱水，而且我甚至不用付錢！」

我賭氣的說，然後越過母親打算真的直接回台北，然後母親的聲音在我身後落下：

『我很久不用吃藥了。』

母親說，說得委屈也說得傷心，傷出我的自責，及後悔。

『你爸爸辛苦工作了一輩子，可是他從來不會用這種口氣跟我講話。』

道個歉吧！腦子裡我是這麼想著的、希望著的，可是我的嘴，卻倔強的不肯開口，拉不下臉開口。

『如果你房貸繳得很累，那就賣了這房子吧，媽媽知道你辛苦，我只是不知道……』母親說到哽咽，而我，內疚；這是一句體諒的話、妥協的話，可我，卻聽出責備、及失望。

——賣掉你爸辛苦了一輩子的這個家？

然後，然後我們同時聽見我的手機響起，恰到好處的打破這僵局，這、是也不是的無言。

是葉緋打來的電話，來得正是時候的電話，在最對的時間點上。

『要不要去喝酒？』

這是我開口的第一句話，在葉緋表示身分之後，立刻的就這麼問了，是問葉緋，也是故意說給母親聽；葉緋的反應是有點為難、對於我這突兀的邀約、在這有點晚了的時間，不過她終究還是說了好，然後我聽見自己鬆了口氣的聲音。

我們約在初次見面的那家夜店，老老舊舊的夜店，還有點不好說破的寒酸，可是她說想去那裡，因為離她家很近，而且她不想去到有現場駐唱的地方。

我沒意見，我反而有點高興，因為那裡的酒比較便宜，而我還稍微負擔得起。

初次見面的夜店，距離初次的見面將近一年之後，我們才又重新踏進它，坐的是相同角落的沙發，相同的四方桌上擺的是我的 whiskey 和她的 whiskey sour，而這次，沒了霈霈。

當今夜的第一口酒入喉之後，終於我緊繃了整天的神經這才放鬆了下來：

「謝謝妳啊。」

『嗯？』

「打了那通電話，那時候我剛好和我媽吵架，我說了很過分的話而且還吵得很僵，雖然想要道歉但卻又拉不下臉，還好是妳的電話讓我下了台階。」

『呵。』

呵。這是她的反應，僅是淺淺的笑以回應，而不是追著問前後經過或者聊表幾句評論，我發現這點她和霈霈很不一樣。

「倒是對妳很不好意思啊，這麼晚了還硬拖了妳出門。」

『沒差，反正我就住附近，走路過來才五分鐘不到。』她解釋，然後笑，『而且我失眠，睡不著又沒事做，剛好。』

方才嘴角的那抹笑意直到此刻才真正進到她的眼裡，這讓她的眼睛洩露出平時隱沒的溫柔。

我喜歡她的笑。

「聽來是個有錢人家的女兒嘛，能住在這種高級住宅區裡。」

如果是平時的話，我想我一定會這麼說的吧！一定會這麼不正經的說的吧！但是還好我沒有，我說的是：

「我不是小白臉，確實我是免費住在女人家裡，可是我真的不是霈霈說的那種小白臉。」我不知道為什麼我要這麼說，說得像解釋，解釋得像強辯，可是我……真的有種被看輕的傷心，這麼久以來勉強自己忽略的傷心，終於脆弱了我的自尊。

自尊。

『我想我大概懂吧。』

「嗯？」

『活在夢想之外的生活。』

活在夢想之外的生活……

『雖然看不出來，不過我曾經也有過夢想，所以今天霈霈說的那句話，我想我大概懂你的感受吧，所以我打了你的電話，然後我們現在坐在這裡。』

「什麼夢想?」

緊捉住她話裡的這兩個字，我問；而她的反應是微笑著搖頭，然後點了一根香菸，抽。她不肯說，是不肯，也是不想。

直到這一刻，我才具體的察覺到：對於眼前的這女孩，我，一無所知。

我知道她叫葉緋，是霈霈的高中同學，她們高中唸女校，私立的高校；她從今年開始在建設公司上班，什麼職務不清楚，不過可以確定的是，這是一位感覺上教養良好的女孩，不會刻意這麼表現、但旁人卻仍能明顯的感覺出來；她會抽菸，但不是習慣要抽菸的那種，喝拿鐵，不加糖，吃提拉米蘇，討厭黑森林蛋糕。

我知道她叫葉緋，在三個人的無名咖啡館裡她通常只聽不問，不問為什麼每次我約霈霈時總要霈霈也約她一起，而如果她當真問起的話，那麼我將據實以告：我喜歡有她存在的畫面。為什麼?不知道。

但她沒問，終究沒問；眼裡有溫柔但卻沒感情的葉緋，我知道的葉緋，在這晚及往後，所知道的葉緋。

而我只是在想：她把感情藏哪去了?

在第二輪的 whiskey 和 whiskey sour 之後，連我自己也意外得不得了的是，我竟就說起這兩年來的生活，每當霈霈問起時、總是刻意輕描淡寫一語帶過的辛苦生活：父親的過世，母親的住院，經濟的困頓，以及、逃跑似的前女友。

我想那大概是因為，我發現她是一個可以讓自己放心在她面前脆弱的人吧，我想。

『還是可以一邊接 case 一邊為將來的工作室準備哪。』

而聽完之後，這是她的第一個反應，並不是：原來你過著這麼辛苦的人生哪……的同情話語。

我感激她的反應，我並不想要被同情，我於是放心的脆弱：

「哪可能，我每個月有固定的支出，所以沒辦法承擔只有白天那份固定收入的風險，而接案者的起步是沒可能穩定的啊。」

『那如果有穩定的案子呢？』

「嗯？」

『我們公司的廣告設計，雖然只是簡單又制式化的建案看板設計，不過應該剛好合適你利用在公司的閒置時間進行吧？』

「原來今晚是面試啊？」

我以為我會這麼開玩笑的，可是我沒有，今晚的我，很不蘇沂。

『細節方面用電話和網路溝通就好了，費用方面就固定是你大夜班的月薪，這樣如何？太低的話你也可以直接告訴我不用客套。』

「不……」我說，然後把原本都說到了嘴邊的客套收回，忍不住的、我問：「為什麼要幫我？」

『因為我們都是住在傷心國裡的人。』

那天我們一直聊到凌晨四點、夜店關門之後才離開，走出夜店的時候，雖然聽起來有點客套、不過卻是發自於內心的感到抱歉：

「不好意思哪！拖著妳聊了整晚，這時間回去會不會被家人唸？」

『倒是還好，我爸這陣子出差不在家。』

「母親呢？」

『和姐姐去溫哥華探望生病的外婆，所以只剩下我一個人在家。』大概是意識到最後那句話好像包含了什麼暗示的意味，於是葉緋快快的又接著提議：『要不要去樣品屋喝杯咖啡醒酒？就在附近而已。』

「樣品屋？」

『嗯，我們家最近的一筆建案，就在附近而已，打扮得很漂亮的樣品屋哦。』

「好啊，反正我也得等天亮的第一班公車。」

『回台北？』

「回家。」

『順便帶份早餐回家給媽媽吧。』

「嗯？」

『我和我爸也僵過，幾乎兩年那麼久都沒有聯絡也不回家，後來是他找到了我，也是差不多這種時刻吧！從打工的爵士夜店剛下班，一走出門口就看見我爸爸站在對街，手裡還提了份早餐。』興致很好似的，葉緋難得這麼滔滔不絕的說：『那時候他開口的第一句話是：早餐冷了，因為是從台中買來的。呵！搞不懂明明有那麼多話可以說、但他卻偏偏挑了這一句。』

「然後妳就笑了？」

『是啊，那大概是我那一年第一次發自於內心的笑吧。』

二〇〇二年，我心想，我記得她的那句話，我記得我們友誼的起點：如果我的人生中沒有二〇〇二這一年的話，那該多好。
『不過確實就是在那份冷掉的早餐裡，我決定回家了。』
「順便放棄夢想？」
搖頭，那朵溫柔的笑此時在她的嘴角而非眼裡。
『那時候早放棄了，還自甘墮落的沉淪著做了很不好的事。』
「很不好的事？」
她不回答，她轉移話題：
『看不出來我曾經是這樣的人吧？』
看得出來也看不出來，差別在於有沒有用心看，以及、她願不願意被看透。

「跨年有節目嗎？」
『應該又是拖著霈霈一起去哪過吧，因為除了她之外沒有什麼朋友的關係。』
「那要不要一起過？」
『我們三個？』
她意有所指的問，問得俏皮也問得機靈，然後我就笑了，在笑裡對霈霈的氣也消了⋯⋯

「我們三個，當然。」

『好啊，但我們原本以為你已經有節目了。』

「怎麼說？」

『因為你看起來朋友很多的樣子。』

「這方面我倒是和妳一樣，沒什麼朋友啊、其實。」

『原來也同是看不出來國的嘛。』

「呵。」

呵。

那天早上我如葉緋所建議的那般、替母親買了份早餐回家，不是從台中車站買回去的、而是我們家公車站附近的永和豆漿，我沒忘記母親喜歡那家的豆漿和燒餅；回到家時母親在客廳的沙發上睡著了，我不曉得她是已經醒來了然後在沙發上歇會兒？又或者是從我昨天負氣出門之後就一直在沙發上等門直到睡著？

我希望是前者。

「媽，吃早餐吧。」

而，這是我開口的第一句話，在母親眼眶紅了的同時，我說出了在火車上的決定：

「房子不賣了。」

『可是——』

「這是爸爸的房子，我們的家，沒有可是了，就是不賣了。」

然後，我張開雙臂，擁抱我的母親入懷裡，母親溼掉的眼睛靠在我的肩膀上，在眼淚裡，我希望她明白我沒說出口的：妳還有個兒子可以依靠，這不是個比父親還吃苦耐勞的肩膀，這是個累極倦極會亂發脾氣的肩膀，可是它、讓妳靠。

依靠。

算我迷信吧！但那幾年的我，真的把她們兩位當成是我的幸運星而執拗的堅持要和她們一起過跨年。

我們的第一個跨年之後，母親順利康復出院並且重新振作，而我也是；第二個跨年之後，我的工作室成形，第三個跨年夜我還清所有的貸款並且終於可以開始只挑喜歡的案子接，而第四個跨年……

第三章 孤。獨

我們都是孤獨的存在
而，不同的是
妳，孤獨的這樣自在

》之一《

葉緋

原來妳是有錢人家的千金哪。

在那個約得突然卻也聊到徹底的晚上，本來我以為蘇沂會說出這句話的，就像張立第一次環顧著父親為了方便我唸書於是乾脆在政大後山買下的公寓那樣，但是結果蘇沂並沒有，沒有說出這句大概是我人生中最討厭聽到的話——原來妳是有錢人家的千金哪！感覺好像我這個人佔了什麼不勞而獲的便宜而過著生活那樣（雖然這麼說確實也相去不遠）。但是結果蘇沂並沒有，在那晚看得出來有一度他幾乎就要這麼說了，但他終究還是忍下了。

越是逐漸了解蘇沂，越是能夠發現他和張立在性格上有著相同的某一面：喜歡以為難對方的姿態、來確認被愛的存在。只不過比起世故的張立而言，蘇沂還是多了一份真，儘管他們同樣都是不好被愛的人。

也於是有很長的一段時間，我以為霈霈和蘇沂是彼此相愛著、卻又偏偏戰鬥的姿態對立著而不肯繳械的坦誠。

這麼說對嗎？

那次的跨年夜我們在霈霈預先訂的夜店裡度過，是一個外國人經常光顧的夜店，店裡放著 Bossa Nova 的 Lounge Bar，沒有現場駐唱也沒有性意味濃厚的舞池、當然；在倒數即將之前，全店裡的人不約而同的停下手邊的動作一起倒數，接著在 Happy 2004 的歡呼聲中，所有人不分國籍的和身邊的人熱情擁抱、開心祝福，無論是熟人或者是陌生人；我自然是和霈霈擁抱的，而蘇沂則被一個光頭老外抱去順便送上熱情的強吻，那一秒的畫面我們後來提起笑起無數次。

『果真是霈霈會喜歡的夜店哪。』

在走出熱鬧的夜店、走進熱鬧的街頭時，蘇沂不懷好意似的突然這麼說著。

『怎樣嗎？』

『外國人很多啊，搞不好也有幾個埃及人喏，妳要不要再回去仔細檢查？這樣就不用從網路找了。』

忍不住我就笑了。把關心酸在話裡的蘇沂……

『不好意思沒找個塞滿寂寞貴婦的店喏！這樣你就可以多找一份收入了。』

『有錢的寂寞男人也行哪！反正我還滿像 gay 的。』

蘇沂嘻皮笑臉的自嘲，不再似上次那般的受傷；他癒合了，我心想。

如果只用一句話總結：是一個對什麼都無所謂的男人。我想起有回霈霈曾經這麼說過蘇沂。或許她說得對也不對。

『不是吧？你現在要回台北了哦？』

回過神來，我聽見霈霈這麼嚷嚷著。

『掃興欸，哪有人才倒數完就立刻急巴巴的回去啊？』

『對啦對啦，因為小白臉要趕回去侍候寂寞的貴婦啦。』

沒正經的、蘇沂說，然後對我比了個電話的手勢，接著揮揮手，轉身沒入正走出跨年的人海裡；在霈霈還沒決定好要不要問出口之前，我就先說了之前找蘇沂接案子的事、但刻意略過這是取代他上大夜班的這段，不曉得為什麼我認為蘇沂應該不會想要被知道這部份。

而實際上蘇沂確實並不想要被知道的沒錯，後來我才知道這事他只告訴過兩個人，一個是我，一個是他的主管、那位女士。

『原來如此，是要回去趕案子哪……』霈霈恍然大悟的思考著，思考時的表情是開心的，開心蘇沂終於決定不再浪費他的才華了吧、我心想。『那剛才幹嘛還要故意說成那樣啊？』

「這就是蘇沂嘛。」

『哈！幹嘛學我的口頭禪啊？』俏皮的笑著抗議完之後，霈霈無聊似的伸了個懶腰，然後問：『接下來要去哪嗎？拜託別告訴我妳也想回家了，○四年的剛開始就連續掃興兩次的話，會讓我有種接下來會倒楣一整年的不祥感。』

「要找家店繼續喝嗎？」

『這倒是不要了。』霈霈怏怏的說，還認真的搖搖頭：『我之所以開始上夜店喝酒是被那傢伙帶壞的，很奇怪的是那傢伙一旦不在的話，我就會變回以前那個不喜歡夜店的自己。再說、兩個女生單獨上夜店感覺很危險耶。』

「也對。」

『要不要去唱 KTV？』

「不要。」

『啊～啊！可惱啊可惱！我記得妳高中的時候很愛搶麥克風的耶！而且妳唱得很好聽耶！』

而且還曾經有過出唱片的機會。我心想，在心底想。

「去喝咖啡？」

『好啊，我想想這附近哪有不打烊的咖啡館……』

「去我們家的樣品屋喝如何？有更好的咖啡豆喔。」

『哇！當然好啊，有錢真好。』

有錢真好。我試著假裝沒聽到最後這四個字。

樣品屋——

『嘩！這房子未免也太電影了吧！我幾乎都要以為有個導演就站在角落看著小螢幕耶。』

「因為是樣品屋嘛。」

『以後要拆掉嗎、這裡？』

『賣到一個段落之後就要拆了啊。』

「好可惜哦。」

因為是樣品屋嘛。

『我知道這台咖啡機哦！』湊近我身邊，霈霈用手指頭敲打著我眼前正在操作的咖啡機，說：『義大利進口的，八萬多一台，對吧？』

「妳對咖啡機有研究哦？」

『倒不是，因為我媽很喜歡的關係，之前還去百貨公司看了好幾次呢！本來想用今年的年終獎金買的，結果我爸聽了之後差點沒翻臉，臉臭臭的說我弟和我妹還要繳學費咧之類的囉嗦話，結果就只好打消這個願望了。』嘆了口氣，『公務員家庭啊，窮不了也富不起。』

「那麼這裡拆了之後、這咖啡機送給她吧？」

『真的假的？這麼闊？』

「因為反正都是要拆了的樣品屋嘛。」

『哇！有錢真好。』又重複了一次，『可惜妳只有姐姐沒有兄弟了，要不我就算是自己帶著行李、半夜偷偷溜去也要嫁進妳家！』

「想太多。」

『啊！當妳爸的小老婆！這也是個辦法！哈！』

霈霈開著玩笑而且也確實笑了一下，不過卻不太成功；我知道她是想起了什麼。

「和同事後來怎樣？」

『一夜情先生嗎？』

「原來還有別人喔？」

『喂！』笑著瞪我，接過了咖啡之後，霈霈才又說：『就那歷史性的一次啦！回到辦公室之後雙方面都很有默契的假裝什麼事也沒發生過的繼續工作著。』

「然後呢？」

『呵！我真是什麼也瞞不過妳眼睛哪！』很舒服的在沙發上伸展手腳躺平之後，霈霈才又說：『本來以為可以就這樣子了，結果今天他居然打分機問我要不要一起跨年，呸！真的是、搞錯了什麼嗎？』

「呵。」

『再說、誰想和父親一起跨年啊？所謂父親這種人物，難道不是應該在跨年時窩在家裡看著新聞，一邊唏哩呼嚕的吃著下酒菜、一邊轉頭跟老婆抱怨只有瘋子才吃飽了撐著跑出門去湊熱鬧擠跨年的人種嗎？』

不完全是。我心想。

我的爸爸是工作，而陳讓……我不曉得陳讓跨年會怎麼過，我們的愛沒長過跨年。

我們那是愛嗎？

『蘇沂也約過我跨年。』

回過神來，霈霈還在自顧著說，只不過此時的她懷裡緊抱著抱枕，整個人縮著身體蜷在沙發的角落。

『去年，本來他的意思是兩個人，哦……好吧！我也不確定，但他確實是沒說要再找其他人了。』

「那妳為什麼還找我？」

『因為我很氣。』

「氣？」

『因為那時候我覺得他在追我，真覺得是在追我，而且確實他那陣子感覺上是喜歡我的沒錯，不只是單純的那種喜歡，甚至是想要把這份喜歡慢慢醞釀成交往的那種感覺。可是他不說，每天每天的打電話來，說了很多話、聊了很多事，但就是絕口不提他是不是喜歡我？這是不是在追我？』

「嗯。」

『那天我不曉得剛好是心情不好還是怎麼的，一邊看著他講話、一邊我心裡越想越氣，就故意說跨年那天我會帶個女生朋友一起去，想看看他反應如何。』

「為什麼要這樣？」

『妳還記得我和蘇沂第一次見面的情形嗎？』

我記得。

「結果他反應如何？」

『沒什麼反應的說那乾脆也找個朋友湊四個人好了，因為三個人是單數這樣很奇怪。』

「結果他那天卻還是自己一個人來？」

『結果他那天卻還是自己一個人來。』

霈霈故意重複了一次，臉上的表情好像重現了當時的生氣。

「或許他當時也只是故意說了、想看妳的反應如何吧？」

『幹嘛要這樣？』

「希望妳拒絕他，希望妳開口要求只有你們兩個人吧。」

『那就是我最氣的地方，為什麼不是他說卻要我說呢？』

「呵。」

『但後來反而是他堅持三個人的無名咖啡館，搞不懂的怪傢伙。』

「哦。」

『記不記得有次妳沒空？』

「嗯。」

『結果蘇沂聽了之後就說那麼改下次見吧。』

「哦。」

『愛情給過我們一次機會。』

「什麼？」

『不知道為什麼那時候我腦子裡突然蹦出這句話，真的是用蹦的冒出來喲。』

「然後呢？」

『然後掛上電話的時候我心想：如果去年的跨年我們是單獨兩個人的話，結果不知道今天的我們會是怎樣呢？』

如果，去年，我和陳讓一起跨了年呢？

我心裡這麼想，然後搖搖頭，要我自己別去想。

『那時候我知道，再清楚不過的感覺到：去年的那份喜歡，已經過期了。』

「……」

『而我，卻不知道該不該感覺到可惜甚至是遺憾。』

「為什麼？」

『因為那時候的我千真萬確是想要愛他的，因為那時候的我……』苦笑著，霈霈改口：『或許蘇沂說得對吧！網路會把真實的人變得虛幻，更何況是網戀？』

所以蘇沂討厭網路，它虛幻得這樣真實。他說過。

『但是同時的，卻也千真萬確的明白到，如果只是因為某種逃避於是去愛，那麼也只會讓雙方都受到傷害。』

「為什麼？」

『因為是在對的時候，做了錯的事情，儘管、對方可能真的是對的那個人。』

多像我之於陳讓哪……多像。

『所以蘇沂終究還是沒愛我，我想在這方面，我們是同類。』

最後，霈霈這麼說。

而我只是在想，如果當時父親沒有把我找回來的話，那麼我和陳讓，會不會終究變成是對的……對的什麼。

》之二《

蘇沂

感覺像是給打了一劑強心針那般，關於葉緋的提議、對於我被困頓在現實中的人生，我感覺力量重新回到我的手上，我看見機會重新握住我的雙手，我渴望回到過去那個遠遠走在同輩前頭的蘇沂，臭屁的蘇沂。

我的人生重新洗牌。

那天在回台北的統聯車上，好幾次我還要自己別抱太大期望、說不定這只是她臨時起意的隨口說說，說不定……然而隔天早上在座位上打開電腦時我就看見信箱裡早已經來了葉緋的郵件，我終於鬆了口氣；葉緋在郵件裡乾淨俐落的說明這次建案看板的設計大致想要的風格、以及最重要的截稿日期，信的附件提供之前的設計圖檔以供參考、還有這筆建案的素材圖庫，信的末了她要求我回覆基本資料以及銀行帳號、為的是稅務方面的麻煩事，信的最後她如此表明著；整封郵件條理分明、簡明扼要，不客套也不多餘，公事化的完全沒有私人口吻，比起大學時我接觸過的發案者而言、她的文字感甚至更陌生；呆呆的反覆讀著葉緋精簡而冰涼的文字，我發現我竟然有點想念她笑裡的溫柔。

別傻了，你高攀人家不上。

搖搖頭，我在心裡這麼告訴自己，或者說是提醒，我沒忽略她信末名片的 title。

原來她不只是主管。

打開信的附件，眼前我看見的是這次的素材以及資料，然而腦子裡我想起的卻依舊是葉緋、網路上的葉緋；我是有她的 msn，忘記哪次和霈霈在線上聊起什麼事情時、她順道把葉緋加入對話視窗於是的取得；網路上的葉緋就像她在信裡的文字感那般：不熱絡，不主動，而且、不帶任何感情。本來我以為那是因為她打字慢的關係，但顯然並不只是這樣。

她把感情藏哪去了？她為什麼單身？她喜歡什麼樣的男生？她有沒有可能——

別傻了！

別傻。

那天晚上我立刻辭了大夜班的兼差，之後拿到那象徵性的最後一筆薪水時，首先不得不做的第一件事情就是訂了兩客昂貴又拉風的飯店晚餐，然後邀請米緋一道享用以感謝她這一年來的照顧，無論是工作上、又或者是讓我免費寄住的恩惠，因為她其實是可以不伸出手來幫忙我的，可是她幫忙我了，主動的提出幫忙，在我人生中真的很需要被幫助的這一年。

而葉緋也是。

不曉得葉緋會喜歡什麼樣的餐廳呢？她喜歡什麼樣的男生呢？她——

別傻了。

面對我的邀請，起初米緋很為難似的客氣拒絕，「那裡很貴啊。」她為難的是這個，直到我坦白的說明了實際情形之後，她才與有榮焉似的欣然答應；與有榮焉，是的，儘管米緋是我工作上的主管，而在辦公室外還私自接案是無論如何也說不過去的common sense，但是不知道為什麼，我就是不會想要對她隱瞞；於是我才知道，原來早在不知不覺當中，我已經不只當她是個主管，更當她是個朋友。人生中的朋友。

這是我生平第一次來到這麼高貴的飯店用餐，對此我刻意穿了最稀鬆平常的格子襯衫和牛仔褲，以「其實這也沒有什麼」的做作態度來掩飾我的其實緊張；相較於我的彆扭做作，米緋倒是很坦率的穿上了她最好的一套緞面小洋裝，還搭了香奈兒的手拿包，以及華麗感很重的露趾高跟鞋；共同生活了快一年，我從來不知道也沒看過原來她還有這些OL外的裝扮。

『會不會很奇怪？我還沒穿過這洋裝出門呢。』

在計程車上，米緋很在意似的問。

「很美啊，該不會是為了這頓晚餐特地跑去買的吧？」

『是啊，今天午餐時間一到，我一路拔腿跑去SOGO買的呢，還用信用卡辦了分期付款呢。』

米緋笑著瞪我、誇張著口氣說，而我抱著肚子笑了起來；我不知道她原來也會開玩笑，我以為她私底下就像在辦公室裡那樣子的拘謹。

『買好多年囉、這洋裝和晚宴包，花了我一半的年終買的，很心疼又爽快，不過仍是一直沒有場合穿，想想還真是對它不起。』

『妳該不會是把它們買了只是為了擺在衣櫃裡欣賞吧？』

我忍不住的問，而這也是我最搞不懂女人的地方，因為我前女友也是這樣，買了一堆衣服鞋子，卻從來不捨得穿出門，搞不懂。

不知道葉緋是不是也這樣呢？應該不會吧？畢竟是有錢人家的千金哪！生活裡應該是常常會碰到這種場合的吧？她為什麼願意和我們泡在無名咖啡館甚至是那寒酸的夜店呢？她——

『在想女朋友？』

「嗯？」

『你啊，最近常常露出這種表情。』

「什麼表情？」

『思念著某人的表情。』

「呵。」

呵。

下車，付錢，而且還好闊氣的說了不用找（但其實也不過二十五塊而已）之後，挽著我的手（因為那雙又細又高的露趾高跟鞋好看卻不好走）走進飯店大廳時，米緋很陶醉的說：

『這大概是我最喜歡這種五星級飯店的地方吧!這種音樂、很 peace 哪。』

「唱片行就有賣啦、這音樂。」

『感覺就是不一樣哪。』

「哪裡不一樣?」

『同樣的音樂,在飯店大廳聽來就是特別的有質感哪。』

「那在咖啡館呢?」

沒記錯的話,我們出版社附近的咖啡館也熱愛播放這種裝格調的音樂。

『焦慮,因為通常是和作家們談公事的地方,所以會只想要趕快把事情處理掉免得工作做不完、晚上要加班。』

「那在家裡呢?」

『工作了整天回到家整個人都累成一條臭抹布了,哪還有心情放音樂給自己聽呢,況且還得陪貓玩哪。』

「那常來飯店吃飯就好啦,畢竟是總編哪、米緋妳。」

『太看得起我啦,雖然有份還滿好聽的 title,收入也確實比起一般上班族而言好很多沒錯,但除去這些之外,還是和一般的 OL 沒兩樣哪!得精打細算的過日子,小氣巴啦的比價錢，偶爾給自己買點像樣的好東西還是會有罪惡感的哪。』

「為什麼？」

『因為我只能靠自己啦，並沒有能夠給老公養或爸媽養的好福氣哪。』

那麼，為什麼不收我房租呢？為什麼對我大方呢？

我想問，但我沒問，我害怕答案我承受不起也面對不了。

沒感情的人，自私的蘇沂。我想霈霈說得沒錯。

曾經我認識一個女生做的是倒倒茶水、接接電話之類的基本工作，薪水很低，但該有的名牌卻一件不少，因為她有父母養、還有男友寵，愛玩又拜金，花錢不手軟，還有，她想和我睡覺；而確實我也和她睡了，第一次是因為寂寞，真的很懷念女人柔軟的身體，後來則是因為明白，反正女方熱情又主動不睡白不睡、這方面的明白，而那陣子我們可真的是睡遍了台中的Motel啊！直到有回她發神經的問我喜歡什麼樣的女生時，我想也沒想的回答：反正不會是有男朋友還和別人到處睡覺的女生。之後她就不再打電話過來了。

關於這點，我其實是還滿慶幸的；雖然後來很少再遇到會開車來接我上Motel的熱情女生了。

飯店晚餐——

餐前酒撤下，主餐送上桌時，米餅用餐巾紙按了按被食物暈開的口紅，問：

『對了，這樣子和異性跑來吃份量十足又浪漫過頭的燭光晚餐，女朋友知道的話不會生氣嗎？』

「不會啊，就是因為不在乎我的爛個性，所以才繼續滿不在乎的和我交往嘛。」

『少來。』

「好吧，說真的是，對於我、她並沒有愛到要吃醋吧。」

這點我倒是沒說謊，她確實並不愛我，儘管她不是我的女朋友，不過倒是個很好的擋箭牌，我心想。

『你啊……』

「我怎樣？」

『總是喜歡把自己說得很差的樣子。』

「因為確實是很差勁的一個人哪，我唯一的優點大概就是很坦率的承認這點吧。」

『只是故意表現成那樣子吧？』

「哪有啊！已經很努力的表現成好人了，但結果還是沒有辦法的很容易就被看出是個差勁透了的人哪！有個滿熟的朋友還時不時就把這句話掛嘴邊提醒我呢。」

沒感情的人，自私的蘇沂。

呵。

『少來。』第二次的、米翡重複。拿起點來搭配烤羊背的 house wine 往紅酒杯裡注滿之後，瞇著眼睛打量著酒的色澤，她才又說：『我前男友也是這種人，所以我會知道。』

「哦？」

『還差點結了婚呢。』

「差點？」

『嗯，差點。』

嗯，差點。米翡說，只這麼說、卻不再往下說，然後把杯裡剛注滿的紅酒一飲而盡，就這樣。

每個女人的心裡都住著一段屬於不想言說的傷心，就算是再成功的女人也不例外。

我心想。

那天晚上我們以驚人的食量把整個套餐吃個精光，連紅酒也喝得一滴不剩之後才盡興的搭車回家；在計程車上米鄀有些不勝酒力的把頭往後攤靠在座背休息，是在這樣子慵懶又放鬆的沉默間，她突兀的提起狗。

『你知道我們巷口有隻流浪狗嗎？黃色的，有點像黃金獵犬，不過是中型犬。』

「總是躺在紅色轎車底下，不吵不鬧也不太理人的酷酷狗嗎？」

『嗯，大概是以前有人養，後來被拋棄的吧？因為牠很愛乾淨，而且很守規矩，所以附近的住戶也睜隻眼閉隻眼的沒趕牠。』

「這倒是。」

『而且牠的眼神很悲傷。』

「悲傷？」

『嗯，會這麼想是因為牠剛出現的時候是懷孕的，雖然不確定但我想那大概就是牠被棄養的原因吧。後來過了一陣子牠的肚子消了，而小狗卻不知道哪去了，聽管理員說是被附近的誰給處理掉了，那陣子牠常常亂咬鞋子堆在牠的懷裡，好像是把那些鞋子當成是自己的孩子了。』

「……」

『從那之後我就開始固定餵牠吃東西，在下班之後把吃不完的便當帶回去給牠。有次還送牠去結紮呢，因為又發情了，實在是很不忍心看牠再傷心一次哪，就讓牠在動物醫院休息了一個星期，那星期還每天下班後就立刻到醫院去看看牠恢復得好不好。』

「嗯。」

『不知道是不是因為這樣，牠好像開始把我當成主人了，有次餵完牠之後，牠居然跟在我的後面走著，看起來真的很想跟我回家的感覺。』

「嗯。」

『我那時候很生氣的作勢要打牠、才讓牠停下腳步的，走到公寓樓下我回頭看，牠還坐在巷口遙望著我，說起來真的很難為情，不過那時候我真的哭了。』

「後來妳就不餵牠了嗎？」

『是有一陣子不敢餵了，不過之後還是又繼續餵了，實在是不忍心哪、畢竟，而且也習慣了有牠分享便當啦。』

「嗯。」

『而現在我覺得自己好像牠。』

「咦？」

『給我愛，卻又不肯被愛。』

米緋說，閉上眼睛，她這麼說。

沒有主詞的一句話，卻說給了主詞聽。

而此時計程車裡的廣播，正播放著陳奕迅的，〈十年〉。

如果那兩個字沒有顫抖　我不會發現　我難受
怎麼說出口　也不過是分手
如果對於明天沒有要求　牽牽手就像旅遊
成千上萬個門口　總有一個人要先走

懷抱既然不能逗留　何不在離開的時候
一邊享受　一邊淚流

詞：林夕　曲：陳小霞

第四章

變

人，總是會變的

關係也是

愛，尤其

《之一》

葉緋

本來我以為在樣品屋和霈霈的那一夜只是場尋常的談心，就像女孩子之間難免的談起男人談起情愫談起戀愛困擾談起平常見面時不太會談起的心底話，可是往後回想我才驚覺那原來是霈霈藉由某種傾訴談話所整理出的決定。

那夜之後的幾天，霈霈打電話說她已經給自己安排好了一場旅行在這次的農曆假期，而地點是埃及。

『怎麼樣？很快吧？本姑娘我就總是這麼有效率，就算是旅行也不例外，哈。』

效率得就像是在離開樣品屋之後就直接走向旅行社查了行程付清團費那樣的一鼓作氣。

「跟團嗎？」

『不，是自助旅行，因為是要去見某人所以跟團不方便。』

「感覺上很危險哪，畢竟是那麼陌生的國度……」

『妳要陪我去嗎？』

「哪可能啊。」

『我想也是。』

「不會怕嗎？」

飛去那麼遠的陌生國度，為的是見一個只在網路上的陌生戀人……

而霈霈沒有回答我的問題，霈霈只把話題轉開了的叮嚀著：

『不要告訴蘇沂哦，關於我去的是埃及這事。』

「咦？」

『因為我騙他說去的是東京，還不懷好意的強調會跟他前女友碰面呢。』

「為什麼要這樣？」

『想看看那傢伙會有什麼反應嘛。』

結果妳首先通知的人還是蘇沂哪……

結果妳還是在乎他吧？

結果我把這些思緒吞入肚子，我只輕描淡寫的問：

「結果他有什麼反應嗎？」
『完全沒有，哼！真是個沒感情的傢伙。』
「不意外嘛。」
他已經走出來了，怎麼妳還要試探呢？
『已經不是我女朋友了，幹嘛還要去送機。』
「什麼？」
『我和那傢伙第一次單獨見面的那個下午，是他前女友要飛去日本的時間，在無名咖啡館裡我問他怎麼不去送機卻是找我出來喝咖啡？結果那傢伙是這麼回答我的。』
妳記得很清楚嘛。
『本來還以為那只是他的氣話咧，沒想到原來是真的這麼認為著的啊。』
「妳記得很清楚嘛。」
忍不住的、我還是說了出口這聽來有點酸意的話，口吻酸得連我自己也意外。
『因為沒感情到令人印象深刻嘛。』
「大概吧。」
『總之，不要告訴蘇沂哦，也不可以說溜嘴哦。』

「哦。」

『誰曉得那壞嘴巴知道了的話，會說出什麼討人厭的話來。』

最後，霈霈這麼說。

而我只是在想，會不會其實蘇沂和霈霈一樣，打從心底在意著對方、想要愛著對方，卻又倔強著不肯投降，還以戰鬥的姿態，掩飾著其實的愛？

別想了。

別想。

別。

妳不適合戀愛，戀愛只會失控妳的神經，妳不要重蹈覆轍。我心想，然後張開嘴巴，在冷空氣裡，這麼親口告訴自己。

提醒

蘇沂不喜歡網路，霈霈討厭面試，而我則是不習慣電話。不，更正確的說法是：我不喜歡主動打電話，無論是私事或公務，都抗拒著得要主動打電話的這件事情，並且盡可能的避免著；比起主動打電話來，我寧願選擇傳簡訊或發 mail，也說不上為什麼，在撥出電話等待對方接聽的那個片刻，總會令我神經緊繃到幾乎窒息。

對此霈霈曾經這麼註解我：會親切的接聽電話、在任何時候，但無論如何就是不會主動打電話、在任何情形。其實這註解對也不對，對的是絕大多數的我確實如此，不對的是和陳讓在一起的那段日子，或者應該說是、強烈依賴著安眠藥也依賴著陳讓的那個我，在腦子鬆掉的時候，常會打電話給他，失控的打電話給他。

還有一次例外，主動打給蘇沂的那次。

腦子鬆掉。

我常常會有腦子鬆掉的情形發生，沒有預兆、突如其來的腦子就鬆掉了，僵得什麼事也做不來，怔得眼淚一直流，是這樣子的腦子鬆掉。我常想像是不是我腦子裡有根神經錯置地鬆脫了？我其實懷疑這是母親的錯，無憑無據的這麼懷疑著、推託著。

腦子鬆掉。

第一次發生時是高中，我記得很清楚。

那天母親帶我逛街，在盡情買個夠之後，我們照例去到母親鍾愛的「老樹咖啡館」休息稍歇；那是個一如往常的週末午后，陽光很暖，天空很藍，心情很好，但是在那樣子美好的週末午后裡，母親卻沒來由的聊起我小時候經常生病的往事，以及，提也沒提過的祕密。

『可能是我的錯吧。』

做了這個結論之後，母親低頭喝了口咖啡，再抬起頭時，母親的眼神是我從未見過的空洞，空洞著眼神的母親，無意識的張開嘴巴：

『懷妳的時候我吃過墮胎藥，因為不想生了，真的受夠了！生妳姐姐的時候我才知道原來懷孕又痛又麻煩，還要擔心受怕的，緊張得要命，一堆喜歡的事都要被禁止去做，討厭死了。

『坐月子時我甚至還告訴妳爸爸，可以去外面找女人幫他生小孩我不介意，因為他真的很喜歡小孩我知道；孩子我會視如己出的照顧，真的會視如己出的照顧，我喜歡當媽媽，喜歡把小孩打扮得體面、教養得乖巧，可是我真的受夠了痛和麻煩，可是他好像只當我是開玩笑，雖然是個好爸爸也是個好丈夫，可是有些方面真的是少根筋哪。

『那時候我真的有種上當的感覺、發現又有妳的時候，所以我偷偷吃了墮胎藥打算瞞著妳爸爸、自己處理掉，可是妳還是留下來了，可能我們真的有緣吧。不像妳舅舅，妳本來是有個舅舅的，可是流掉了，如果保住的話，這建設公司也就不用我一個人負責了吧？好累，妳爸爸又忙著政治都不幫我，好煩，本來以為可以只當個小妻子的，我一直就只想當個小妻子的。』

說完，母親長長的噓了口氣，舉杯，把已經冷掉的咖啡一口氣喝乾，然後沒事般的彎下腰拿起她心愛的愛馬仕欣賞，彷彿她剛剛說的不是殘忍的話、卻只是聊起多年前看過的一場電影那般；總是溫柔的母親，原來曾經那麼殘忍的對待過我，溫柔與殘忍怎能同時並存於同一個人身上？還是我的母親！

『妳怎麼了？』

再抬起頭，母親望著我，驚呼；而我，什麼話也說不出來，什麼反應也沒力氣，就只是哭，一直哭。

那是我最後一次和母親逛街，或者應該說是、親近。那天晚上我把所有母親送我的名牌包包割破丟棄；對此母親沒有多說什麼，她以為我只是聯考將近的壓力太大。

被寵壞的母親，溫柔卻殘酷。

錯置的神經，本來不應該存在的我。

『妳的存在焦慮。』陳讓說。

『太壓抑了，葉緋，壓抑不是好事。』樂樂說。

『我喜歡舞台上的妳，那麼放，多魅力。』張立說。

『那是我們的夢想，而妳毀了它！』

宇晨說，不是親口說，卻是把話寫在紙上隨著CD寄到家裡來，在兩年後的這天，清楚明白地以刀割似的沉重筆跡、無聲的訴說著她的不原諒。

還恨著。

腦子鬆掉了。

幾乎是同一天發生的事，在四月裡的這天。

這天我一如往常的忙到下午三點鐘左右才走出辦公室到公司樓下的茶館午餐，是那種隨處可見的茶館，名字各有所異，但內容卻大同小異，沒例外的都平價，有簡餐有茶飲，通常會擺幾份報紙訂幾份雜誌，有些還兼賣著香菸以及撲克牌的尋常茶館；在學區附近的是學生們放學後的喝茶打屁的場所，在商區附近的則把消費族群鎖定為上班族的午餐時段。

這家是後者。

之所以選擇它的原因是距離最近又上餐速度快，隔一條街之外還有家價位較高的日本料理店，料理美味並且也安靜得多，剛開始我去過幾次，不過後來就不再光顧了，任何時段幾乎沒例外的都會遇到公司主管或客戶在那裡洽公用餐是原因；我討厭遇到熟面孔，我喜歡獨自用餐也不用跟誰打招呼的放鬆。也於是我總把午餐時間後挪到下午、在這家最近又最快的尋常茶館裡。

但這天例外。

這天我才走近茶館時，就從玻璃窗外看見幾個蹺班跑來喝茶打混的職員，她們的反應自然是從原先聊得開心立刻變成落荒而逃，尷尬的錯身而過之後，她們的竊竊私語隨著空氣飄進我的耳畔：沒想到總經理也會來這裡耶，還以為他們都去……

我裝作沒聽到也沒看到，我坐在原本她們坐著的位子上，我沒辦法不察覺這裡的空氣由上一分鐘的熱絡轉為這一分鐘的沉默，我發現我突然有點羨慕她們。

誰比較快樂？

我思考的，忍不住的這麼思考著，雖然答案其實很明顯。

腦子鬆掉了。

安安靜靜的吃著迅速送上桌的烤鮭魚飯時，我的手機響起，直覺我以為是特助打來的公務詢問，然而一拿起手機才曉得並不是，是樂樂。

樂樂。

猶豫了三秒鐘左右之後，我還是接起，連話都還沒來得及說，樂樂爽朗的聲音就穿進我的耳膜：

『好久不見！』

有些朋友是這樣，妳想起對方，雖然沒什麼事也沒準備好聊什麼，但妳還是打了電話過去，在電話接通的那一刻，不，甚至是電話都還沒被接通時妳就已經知道要和對方說什麼。而妳，就是這樣的朋友，我的A級朋友。

我想起樂樂曾經這麼說過，我聽見自己微笑著也說：

「好久不見。」

『猜我現在在哪？』

「在哪？」

『依舊是連猜也不肯猜的個性哪、葉緋。』

「呵。」

『正在開車前往台中的高速公路上，朋友晚上有場爵士樂表演，我們要殺去捧場，哈。』

和陳讓嗎？

『是晚上八點開場，在這之前有沒有空吃個飯？我們大概一年不見了吧？』

和陳讓嗎？

「今晚得加班哪，剛好是我們整年最忙的月份，稅務方面的麻煩事。」

『妳現在是會計？』

「那方面的。」

我回答，沒說謊也沒誠實。

我從來沒對他們說起我的家世，正如同我從來沒向樂樂懺悔過我和陳讓。

樂樂知道嗎？會不知道嗎？

「和陳讓嗎？」

終究，我還是免不了的問了，盡可能沒事般的順道一提的問著。

『他哪那麼好命啊？還得顧店和帶小孩呢，小乖現在會走路了喲……』

時間過得好快啊，那時候小乖連坐都坐不穩呢，像個包著尿布的不倒翁似的、多可愛，是啊，我後來沒去過台北，也不唱歌囉！工作很忙啊，你們呢？店還好嗎？真好，沒吵到我工作啦，因為正在吃午餐，是啊，總是忙到現在才吃啊，有上台北一定找你們……

『msn也不怎麼遇到妳，偶爾也打個電話來吧！』在閒聊之後，樂樂又叮嚀了這一句，再一次的，然後：『陳讓要我問候妳。』

樂樂說，在這通電話裡，她說過我們也說過他，卻是第一次說出陳讓這名字這兩個字。

陳讓要我問候妳。

明明是轉達的一句問候，但穿進我耳膜進到我腦子裡卻變成是試探。

試探。

腦子鬆掉了。

這天我刻意讓自己在辦公室裡待到夜深才回家，連晚餐也是叫了外賣隨意打發，回家，我看見空無一人的家裡只躺著一份包裹在客廳桌上，收件人是葉緋而寄件人是宇晨，呆望著我們的名字再一次同時出現在同一張紙上，我只感覺到強烈的昏眩，我知道因為太過緊張於是過度換氣症又發作，我以為我會一如往常的坐下把頭埋進膝蓋裡讓自己調整呼吸要自己別尖叫出聲，可是我沒有，我反而是粗暴的拆開包裹我不安的看見裡頭是一張CD——CD是拆封過的，可能是宇晨自己聽過了吧、我想，拆封過的CD上秀出的團名是F.I.R同名專輯，我不知道他們是誰，我已經很久不看電視了，我感覺他們是有點眼熟的，但我想不起來他們為什麼眼熟，我只慶幸上面的女孩不是名為葉緋的宇晨，就像當初宇晨聽了我名字說的那樣——

葉緋這名字，挺適合我的，改天我出道了，借給我用吧。

然後……

那是我們的夢想，而妳毀了它！

望著從CD裡滑落的黃色便利貼上，宇晨以刀割似的沉重筆跡這麼說以無聲，我，難過得說不出話來。

過去回來了。

腦子鬆掉了。

≫之二≪

蘇沂

在忙嗎？

收到葉緋傳來的簡訊，簡訊上只簡簡單單三個字和問號一個，而時間是晚上十二點過三十九分，當時我正忙完了整天，坐在新買的沙發上，環顧著什麼都還沒拆封的紙箱以及這十坪大的空間，抽起我今天的第一根香菸。

「在忙嗎？」

望著簡訊我張開嘴巴發出聲音問自己。是可以忙也可以不忙，反正我現在的時間都歸我自己了，我是老闆，自己的老闆，真爽。大概是這個念頭讓我感到很愉快的關係，於是我選擇了後者：我不忙。

呆望著這簡簡單單的簡訊、我判斷這不會是一通商談公事的電話，葉緋把公事都寫在mail裡，再緊急一點的則寫在簡訊裡，不過比起她的公事而言、我的部份則通常不會緊急到需要她發簡訊，我不過是個負責建案看板的外包設計、卻能直接和公司老闆對話，多嚣張。

『葉緋不喜歡打電話。』

我記得霈霈曾經這麼說過她。總是喜歡評論別人的霈霈，此刻應該正在高空上飛向美國吧？抬頭望著窗外的夜空，我心想。否則這通簡訊的主人也不會是我而是她了吧？我苦笑。

回撥，電話立刻被接通，待她反應過來之前，我就先說了：

「正閒閒沒事在看著夜裡的 MV 哪。」

『夜裡的 MV？』

「嗯，夜裡的 MV，嚴格說起來是夜前的 MV，因為現在還有 VJ 在廢話，要把這個時段忍耐著看完之後才是真正夜裡的 MV，沒有廢話，只有 MV。怎麼啦？」

『你可以說個故事給我聽嗎？』

她問，聲音裡有膽怯，我猜想這應該是她不知道猶豫了多久才決心發出的簡訊，求救簡訊。

我想起她手腕上的傷心，我想起我們友誼的起點，我想起那個對於我們而言都糟透了的一年；我想像她此刻正凝望著那道陳舊的傷心，我不知道是什麼事情又惹得她想起？

我慶幸她不是再度拿起美工刀卻是想起我。

我們都寂寞。

我想起陳奕迅唱過這麼一首歌，多希望此刻電視就播著這MV，不過不用說的是當然並沒有，它不是主打歌，有沒有拍成MV都還是個問題；此刻正播著的是陳奕迅的〈預感〉，多巧合。

多巧合。

有一種預感　愛就要離岸　所有回憶卻慢慢碎成片段
不能盡歡　愛總是苦短　我只想要你最後的答案
有一種預感　想挽回太難　對你還有無可救藥的期盼
我坐立難安　望眼欲穿　我會永遠守在燈火闌珊的地方

作詞：李瑞／白進法　作曲：吳旭文

「要不要放首歌給妳聽?我正巧聽到一首很好聽的歌。」

『不,我不喜歡聽歌。』

幾乎是連考慮也沒有的,葉緋果斷的拒絕。

也好,反正我本來就不是合適告白的個性;也好,反正我唯一告白過的女孩後來逃跑似的離開我;也好。

也好。

「也好,很久很久以前——」

打斷我,她說:『不是吧?你要說的是童話故事?』

然後我就笑了,因為她的聲音聽起來好多了。

「好吧,那麼重來吧。」

關了電視,點燃今天的第二根香菸,喝了口泡好很久的UCC之後,清了清喉嚨,我說:「黑桃A。」

『黑桃A?』

「嗯,黑桃A。」

很久很久以後，有個男人叫蘇沂，從小他就追求黑桃A的人生，當同學還在胡言亂語著以後要做總統、要當太空人、要是大富翁時，他就決定好自己要是個黑桃A，王牌的黑桃A；他對美感很有興趣也很有一套，他於是走上設計這條路，他要當設計師裡的黑桃A，只可惜上帝並沒有發給他的人生一手好牌，不過這不打緊，擁有怎麼樣的牌不重要，重要的是怎麼把手中的牌打好，就算是再爛的牌也不例外，就是這樣子的臭屁、這蘇沂，立志要當王牌的黑桃A。

『呵，還滿有意思的故事。』

「嘿，還沒完呢。」

黑桃A沒有信仰也不相信上帝的存在，每當走在路上看到電線桿上貼著「天國近了，悔改信上帝」之類的小紙條時還會氣得要命，因為那字體好醜，為什麼就不能夠有設計感一點呢？是這樣子的不爽；黑桃A不信上帝也對上天堂沒興趣、除非他親眼確定天堂就是他喜歡的樣子，可是有一年黑桃A真的希望上帝是存在的、而且就在他眼前他面前他伸手可及的距離，因為這樣他才可以跟上帝單挑，因為那一年上帝抽走了他手中最好的一張牌：上帝帶走了他父親。

可是上帝沒有出現，上帝不為任何人出現，但是黑桃A卻開始有了信仰：他希望天堂真的存在。他相信天堂真的存在，在天堂、他那辛苦了一輩子的父親會快活的喝著好酒抽著好菸，說不準還開著一輛又亮又大的笨車子到處逍遙，因為他始終很介意父親勞碌了整輩子卻從沒捨得給自己買台車，他沒忘記以前一同上街時，父親望向那些好車的眼神，羨慕卻又忍下的眼神。

「嘿，別哭嘛。」

『……』

「只是個故事啊。」

『可以，再多說一些嗎?故事。』

「當然。」

當然。

「黑桃A後來遇到兩個貴人，一個給了他安定的力量、不管辦公室裡的流言蜚語，她是個好女人，只可惜……」

『只可惜?』

只可惜她不應該愛上他，她值得更好的男人。

「而另一個給了他夢想，或者應該說是，幫他打開上帝本來關上了的門。」

『呵。』

「可是後來發生了點變化，一個愛上他，而另一個……」而另一個他希望能和她相愛，「而另一個正在聽他說故事。」

『故事裡怎麼沒有霈霈？』

「因為霈霈正在天上飛哪。」

也於是現在說故事的人是我而不是她，感謝上帝，假設上帝真的存在的話。

『所以這就是你搬出去的原因？』

「還順便辭職了呢。」

『咦？』

「技術上說來是辭職了，但嚴格說來是轉換成為外接case的形式，就像我們這樣。」

『為什麼這麼決定？』

因為不愛也是一種愛。我心想，我沒說。

「因為我的工作室要跨出第一步了，雖然只是在士林附近月租八千的十坪大小套房，但有面很大的窗戶，而且房東同意我重新粉刷牆壁，還讓我給牆壁塗鴉呢。」

『離天母很近哪。』
「天母？」
『我住過天母一陣子。』
以快得不自然的速度、葉緋說，快轉的說。她的二〇〇二年，我猜。
「歡迎參觀喏，因為塗鴉真的很酷啊。」
『很想哪，只可惜是在台北。』
「台北？」
『我不上台北。』
她的二〇〇二年，我確定。

不愛也是一種愛。

掛上和葉緋的電話之後，張開嘴巴，我把這句話說出口，在尚未成形的工作室裡，對著菸絲，我說。

不愛也是一種愛。

忘記是在哪裡看到的這句話，在那次的飯店晚餐裡模模糊糊的浮現我腦海，在那趟回程的計程車上，它終究從腦海跳出、轉而具體出現我眼前。

——給我愛，卻又不肯被愛。

米緋說，一語雙關，而聲音，是想要掙脫卻無能為力的苦。

「不可以再這樣自私下去了、蘇沂。」

那晚在寄住了將近一年的房間裡，懷裡抱著她那隻總是跑來和我睡的貓，我這麼自言自語著。

「你已經變成是負擔，而不是分享了。」

然後她的貓喵嗚了幾聲，一副覺得我很奇怪的表情，跳下床離開。

「確實該是離開的時候了吧。」

望著貓的背影，我這麼決定著。

離開。

我刻意等到農曆年後才遞上辭呈，讓自己也讓別人看起來就像是一般等發完年終就離職的跳槽上班族；在遞出辭呈的那天，本來是想好了個藉口準備萬一她問起時好使用，可是結果她沒問，她好像一點也不意外的樣子，我甚至還有種錯覺是：她鬆了口氣，真覺得她鬆了口氣。

『看得到卻愛不到的苦。』

結果，她只說了這句話，低頭讀著我的辭呈，突兀的只說了這句話。

「嗯？」

『總算是不用再心苦了。』

依舊是沒有主詞的一句話，依舊是米菲一貫的敘事風格。

『接下來有什麼打算嗎？』

「打算把年終一口氣花光。」

『哦？』

「去日本來一趟貧窮旅行，東京是旅行的重點，就算睡車站也沒有所謂、那樣子的一個貧窮旅行。」

『聽起來比我衣櫃裡的東西有意思嘛。』

「很多東西是沒有辦法比較的啊，因為是意義上的不同哪。」

『呵。但你的年終並不需要那麼貧窮的旅行方式啊。』

「因為要去很久的關係，第一次出國啊，所以是用一種吃到飽的心態希望能夠待越久越好啊。」

『打算去多久?』

「起碼一個月吧。」

『那女朋友怎麼辦?』

然後我就笑了。

『就知道。』她跟著也笑了,『你根本沒有女朋友,對吧?』

「因為我是同志啊。」

『少來。』

呵。

『回來之後呢?什麼打算?』

想了想,我決定據實以告:「或許就著手成立我的工作室吧!雖然還算年輕但確實也不夠年輕了,也該是賭一賭的時候了。」

『跟誰賭?』

「人生。」

『呵。』把玩著手中的離職單,米緋說:『回來後打個電話給我吧。』

「嗯?」

『好讓我們當你工作室的固定客戶哪。』

「米緋……」

『嗯？』

「妳為什麼對我這麼好？」

『因為你沒有自己以為的那麼差。』

「……」

『而我，真的很想要幫助你知道這一點。』

最後，米緋這麼說。

而我，真的很開心，很替她開心，開心她的回答不是：因為我們都是住在傷心國裡的人。

她不傷心，她只是寂寞，寂寞她的錯過，錯過愛情給過她的那次機會。

——還差點結了婚呢。

我記得她說過的這句話，也記得說這話時，米緋眼底的寂寞；說得輕描淡寫，但眼底卻寂寞的感慨。

搬離開米蒲公寓的那天，我特地買了一束大得招搖的黃玫瑰擱在她的客廳桌上，是因為黃色玫瑰代表分離，也是因為，我發現住在這裡的一年以來，沒有人送過她花。

第五章

遺。憾

我們的遺憾來自於相愛時間的錯過
而，最遺憾的是
我們，連錯過也錯過

≫之一≪

葉緋

人在什麼情形下會發現自己愛上對方？

當蘇沂把黑桃A的故事結束，把話題轉移到他那兩個月的日本旅時，不知道為什麼，我腦子裡突然冒出這個問題：人在什麼情形下會發現自己愛上對方？

嫉妒？失落？在意？

搖搖頭，把腦子裡的傻念頭搖掉之後，我勉強自己把注意力回到話題上，可是沒辦法，蘇沂越是說得起勁、我就是越辦不到的想起霈霈曾經不懷好意的說過：

——因為我騙他說去的是東京，還不懷好意的強調會跟他前女友碰面呢。

會不會其實霈霈錯了？是不是其實蘇沂還是愛著霈霈的？有沒有可能之所以蘇沂也去日本的原因是——夠了！我覺得夠了。

妳不適合戀愛。

默唸完這句話之後，我向蘇沂說了晚安，然後道再見，然後掛電話。

我不適合戀愛。

人在什麼情形下會發現自己愛上對方？

低頭望著手心裡的安眠藥，我忍不住的又想起這問題。

安眠藥是從台北帶回來的，決定搬回來的那天，我什麼行李也沒帶的就只除了這僅存的四顆安眠藥，我不明白我幹什麼還特地把它們帶回來、甚至是還留在身邊？我打從心底要求自己不要再被安眠藥所控制，而實際上我也做得很好，真的很好；我讓自己忙，投入工作、經營公司，就像父親希望的那樣、做回父親想要的女兒；我不碰感情，不愛上誰也不被誰愛上，我把自己鎖在安全的感情範圍裡，我——

「可是我今天真的很不好過。」

望著安眠藥，我說，說得像解釋，解釋給我自己聽，也解釋給宇晨寄來的CD聽；我當然明白宇晨為什麼要寄這張CD過來，當然明白，CD封面上的人我是看過的，不是從電視上，不是，我已經很久沒看過電視了，自從搬回來之後就沒再看過電視了，是在錄音室外見過的、那兩個新人，而當時的我和張立一起，我們先後去到錄音室試唱，就是宇晨故意搞失蹤、惡意缺席的那天。

根本就不是我的錯，明明就是她的錯！是她缺席是她善妒是她不相信我是她毀了我們的夢想，是她！但為什麼如今承受罪惡感的人是我？為什麼要被責怪的人是我？為什麼我就辦不到像宇晨那樣理直氣壯的恨著誰那樣恨得自在——

我根本不愛張立，我想說，想對宇晨說，我是氣妳我不愛他，我——

都是我的錯？

人在什麼情形下會發現自己愛上對方？

終究還是軟弱的吞下一顆安眠藥，把剩餘的三顆擺回原來的盒子裡之後，我讓自己躺回床上，等待睡意來襲，等待平靜來襲，也等待鬆脫的神經重新歸位。

但事與願違，我的思緒依舊停不下來，停不下來。

「你為什麼要讓樂樂代為問候我？」

閉上眼睛，我淚流。

我從來沒有思考過這個問題，對於陳讓，愛就是那麼自然的存在，自然的發生，自然的好像這是天經地義的那般。

而他呢?他愛過我嗎?那是愛嗎?

我以為這會是我睡前的最後一個念頭,但結果並不是,結果我睡不著,還是睡不著,我的身體依舊是那個抗拒著安眠藥的身體,嘆了口氣、我起身,並不是打算再給自己一顆安眠藥好混亂我的神經,接著非意識的打電話給陳讓問出那個怎麼也問不出口的問題;下床、我走進浴室,把食指伸進喉嚨催吐,當我恍恍惚惚的看著漂浮在嘔吐物裡那顆尚未化解的白色藥丸子時,不知怎的、我做了個決定。

搬家。

隔天我把搬家的決定告訴父親,父親雖然很意外的樣子,但卻沉靜的不問原因,我看得出來擔心再度淹沒他的理智,我可以想像那年離家出走、還斷絕一切聯絡的女兒依舊存在在父親心裡、揮之不去,我於是同意父親的提議:搬進上個建案裡的保留戶,如此我依舊是住在父親名下的房子裡,依舊是父親想要的那個女兒,依舊在父親的掌心裡被他呵護,過度呵護。

我其實沒有所謂,我只要搬離宇晨能夠從學校資料裡找到的那個地址就好,我要搬離過去;但我沒換號碼,沒有換掉樂樂能找到我的這個手機號碼,原因我儘量不去想。

人在什麼情形下會發現自己愛上對方？

當思考起這個問題時，這是我的答案。

在父親的陪同下，我挑了和樣品屋相同坪數相同格局相同裝潢的單身公寓，十八坪的大小，主臥室、書房、客廳、和吧台融為一體的簡易廚房，以及不算寬敞但是夠放個浴缸的浴室，還有，不包含在建坪裡的五坪大露台。

我喜歡這個露台，它是我之所以選擇這裡的最大原因。

『是免費贈送的露台喔！因為完全不計算在建坪裡。』

我相信業務員們絕對不會浪費這個打動消費者的說法，因為就是連父親本人也這麼說：

『這露台是免費的，搞不懂建築師在想什麼，不過視野倒是很好。』

站在露台往外望去，視線的中心是一座高聳的未完工建築物，被遺棄了似的站在那裡，孤零零。

「那是要蓋飯店嗎？」

指著鋼骨依舊外露的高建築，我問父親。

『本來是，但中途因為資金的問題就停工了。』

「好可惜。」

『那時候我本來想接手的，但它已經有飯店的氣味了，所以就打消念頭了。』

父親說。

父親討厭飯店，討厭到甚至有人拱手說：那麼，這座飯店就免費送給您吧。搞不好父親都還會嫌棄的搖頭拒絕、那樣子程度的討厭。

於是父親買房子，四處買房子，一開始只是為了出差時方便過夜的休憩用途，後來不知不覺也理所當然的父親涉入建築業，而這正是父親母親相識的起點：父親買房子，而母親的家族則買地蓋房子。

他們都是有錢人家的第二代，而富不過三代的這個說法則是他們心中最大的夢魘。

『多門當戶對的姻緣啊。』

外婆總是這麼滿意著。

『妳確定要這一戶嗎？重新裝潢的話，挑毛胚屋比較適合吧？』

回過神來，父親眉頭皺著問我。

這建案主要是設計來賣給有優渥經濟能力的單身貴族，典型的現代小豪宅；為了方便推銷、這裡依舊保留了一些尚未隔間的毛胚屋以供小家庭買下打通重新裝潢，而這兩者都不會是父親希望我是的身分，無論是目前的單身，又或者是以後可能的小家庭。門當戶對。母親也總掛在嘴邊的一句話。是滿意自己、也是提醒我們姐妹倆。

「不用麻煩了，我就是喜歡這裝潢。」

在這裡我能放鬆能自在能睡得著，我喜歡這裡，這露台，這視野。

『但是太小了，我們家的車庫都比這裡大。』

「就我一個人住而已，夠了。」

父親很疑惑似的看著我，然後搖頭：

『妳媽說得對，有時候妳真的不太像我們家的人。』

我裝作沒聽到這句話。

離開露台，父親站在書房前燃起雪茄，然後指揮著說：

『和室書房就改成傭人房吧！書櫃的話就裝幾個在衣物間裡，空間還夠的話再擺個貴妃椅，如何？』

「我不要傭人房。」我說，「我會請鐘點女傭。」

我不要任何人介入我的生活，我堅持，我不要被個眼線監視我的生活。

『一個人住很危險。』

「這裡是飯店式管理，很安全。」

『算了，妳喜歡就好。』

不曉得是不是飯店這個字眼讓父親又犯頭疼，又或者是父親幾乎溺愛的寵壞使得他不想再與我爭論；丟下這句話之後，父親按了按太陽穴，以一種逃離的姿態離開，離開他妥協的讓步。

有時候我會有種錯覺是，父親好像覺得他對不起我，他沒有支持我的夢想、還反對，我經常很想跟他說聲無所謂，反正到頭來只是場可笑的夢想，可是我沒說，總沒說，因為他也沒有說。

多可笑。

搬家。

其實也說不上什麼搬家，裝潢是現成的，就連家電也已經一應俱全，於是我只帶了幾個行李箱的私人物品過來，接著列了張我想要添購的日常用品清單給鐘點女傭，這樣而已。

只管把自己帶進來就好。

我想起蘇沂在文宣裡下的這句slogan，忍不住的我笑了起來，確實是只管把自己帶進來就好的現代都會住宅，沒想到父親在這方面倒很掌握潮流。

儘管是這麼沒有搬家氣味的搬家舉動，不過霈霈知道了以後依舊相當堅持要給我的新居辦個歡迎party。

『否則房子太可憐了，沒人給它過生日，就只是住而已。』

霈霈堅持。

於是挑了一個我們都空閒的週末，開著車、霈霈載我去到裕毛屋買幾瓶紅酒（還堅持瓶身得綁上蝴蝶結）、切了幾份起司（我喜歡的）以及一份現烤的德國豬腳（他們愛的）之後，我們回到新居先行慶祝並且等待蘇沂的出現。

『妳為什麼都不開車啊？萬一假日怎麼辦？叫司機過來加班嗎？』

把討厭透了的倒車入庫搞定之後，霈霈滿頭汗的說。

「因為我不能開車，如果這種情形的話，我搭計程車就好啦。」

『為什麼不能開車？』

「專注力那方面的問題。」

『什麼意思？』

「好比說，當我注意著交通號誌時，就沒辦法同時注意路況；當我在找停車位時，就會搞錯油門和剎車，這方面的專注力不夠。」

『好可惜，我記得妳以前倒車入庫帥得超狠啊。』

「那是以前嘛。」

『什麼時候開始的、這專注力不夠？』

「回來之後吧。」

歪著頭，霈霈站在電梯前努力的回想著。

『好像是哦？感覺妳回來之後變得害怕很多事情。』

「哦。」

『為什麼妳要活在害怕裡？』

為什麼我要活在害怕裡？問得好，卻無解。

『那幹嘛還買車啊？』

回過神來，霈霈還繼續著這話題。

因為可以抵稅之類的討厭事，所以父親幫我買了車。我心想，不過回答起來太複雜又囉嗦，於是我學起蘇沂的調調：

「因為有個車庫嘛。」

『什麼嘛。』霈霈開開心心的笑著，然後說：『不過，當妳的車太寂寞了啊。』

「啊？」

『被擁有卻不被愛也不被使用，寂寞耶。』

那妳拿去開嘛！反正也只是放著。我想說，不過聽起來會有種被誤會是在擺闊的感覺，於是我沒說。妳為什麼要活在別人的想法裡？我想像要是霈霈聽了之後，或許會這麼問吧。

雖然我甚至在想的是：如果可以的話，我的人生也順便送給妳吧。

『這方面蘇沂比妳有感情，他還給房子化妝咧！就算只是租來的小套房而已。』

「妳說牆壁塗鴉哦？」

『嗯啊，很時尚欸！本來以為會是街頭風的耶，真有一套、那傢伙。』

「妳看過？」

『他開視訊給我看的。東西放哪?吧台還客廳?』

「客廳，有沙發。」

『同感。』

踢掉高跟鞋，把採買的食物放到客廳桌上，誇張的噓了一口大氣同時把自己摔進柔軟的沙發之後，霈霈一邊看著我開紅酒一邊又繼續說著：

『不過本來有次是可以親臨現場參觀的啦。』

「哦?」

『好像是上個月吧?我下飛機的時間太晚了，又懶得搭夜車回家，就打電話問蘇沂方不方便借我住一晚。』

「結果咧?」

『結果那傢伙好熱情的說當然好啊很歡迎啊地址是哪哪哪還叮嚀要計程車怎麼走比較快。』

「然後咧?」

『然後我才想伸手攔計程車時，耳邊又聽到那傢伙在電話裡不正經的說那他要不要也順便借我睡覺?可是他最近很忙沒有練身體希望我別介意他有點走樣的腰圍之類的啦啦啦，真是——呸！』接過我注滿的紅酒杯之後，霈霈起身狠狠乾了個杯，『結果我就氣得搭夜車回家了。』

「蘇沂嘛。」

『他故意的。』

「嗯？」

霈霈才想說些什麼的時候，門房來了電話是要確認訪客的身分，接著一分鐘之後，蘇沂抱著一束白色玫瑰出現我們眼前。

『這個，送給葉緋居。』

「葉緋居？」

『這裡的名字啊。』把花塞到我懷裡，接著蘇沂說了霈霈說過的話：『搞什麼和樣品屋一模一樣嘛。』

『你也去過樣品屋哦？』

『不行哦？』

『很行啊。』不滿的嘟著嘴，霈霈抱怨著：『你很慢耶！都黃昏了。』

『饒了我吧！我忙到早上才睡耶。』端了酒杯、挑了吧台的位子坐下之後，蘇沂像是想起了什麼似的，又說：『倒是，我們是不是未免也太久不見啦？這該不會是我們今年的第一次見面吧？』

「第二次，跨年見過一次。」

『第一次，跨完年後那傢伙就立刻跑了。』

『妳倒是記得很清楚嘛。』

『當然哪，因為某人忙得不得了嘛。』

『明明就是某人一直在出國吧？如何？埃及之旅意猶未盡嗎？』

霈霈癟了嘴沒回答，我知道她的埃及行結果並不順利，很不順利，但我不知道原來她也告訴蘇沂了。

「你知道？」

『當然，有個白痴想騙我是去日本，結果自己卻說溜嘴，笨死了。』

『吵死了。』

「原來不是……」

『什麼？』

「沒事。」原來他不是為了霈霈去日本的。「要不要去露台？這裡的黃昏很美哦。」

》之二《

蘇沂

原來露台是這樣。

當我們端著酒杯拿著食物移駕到露台時，這是我的第一個念頭。

我記得第一次看到露台這名詞是在忘了哪個雜誌上，某個有錢人在介紹（炫耀？）他的豪宅之類的報導，當時我還有點搞錯成是日本的台場，後來慢慢在媒體甚至是葉緋寄給我的建案素材裡才逐漸了解露台這東西。

露台。

其實說穿了露台不過就是比較大的陽台而已，和我家那個曬棉被用的頂樓陽台沒什麼差別，雖然心裡是這麼一個恍然大悟，不過不知道為什麼，我就是沒有辦法把家裡那個頂樓陽台叫作是露台，質感上的不同，我心想。說不上來為什麼，露台這個字眼就是有種令我深深著迷的吸引力。

「我喜歡妳的露台。」

站在空無一物的露台上，我說。

這露台和屋子裡精緻小巧到空間都被設計師妥善且巧妙利用相比之下，這空空的露台反而有種置身事外的清幽感，清幽的舒服，不放置什麼，也不被什麼放置，就是純粹的存在那般、清幽。

「好像一幅畫，留白夠多的好畫。」

『好了啦，蘇詩人，麻煩你先去搬幾張椅子過來好讓我們把手中的東西放下可好？』

「囉嗦。」

把手中的德國豬腳故意似的硬塞到霈霈手裡，害得她重心不穩的尖叫出聲時，我才得逞了似的走進屋裡搬了兩張吧台椅過來；吧台椅是給食物們坐的，而至於我們則是愜意的倚著站著。

「那是什麼？」

指著視線中心一座未完成的高建築，我問，接著葉緋就笑了，笑得溫柔，溫柔得令我不安。

「我說錯什麼了嗎？」

『沒有，只是我和你一樣，站在這露台時第一問題也是這個。』

望著葉緋被紅酒微醺的雙頰，她慢慢的說起那棟建築物的前後經過。

『好浪費哦！你們乾脆把它買下來嘛。』

「我爸不喜歡蓋飯店。」

『好浪費，被拋棄的大樓，好可憐。』

霈霈又咕噥了幾句，順便還把剩下的德國豬腳全掃進她胃裡，最後她挑釁地衝著我笑，但我懶得跟她再抬槓，因為這露台太美，葉緋說得沒錯，這露台的黃昏真的很美。

「很希望它能被完工哪。」

『為什麼？』

「因為共鳴哪。」

『什麼鬼？』

瞪了霈霈一眼，不管她、我繼續說：

「總覺得它跟我有點像。」

『神經病。』

「隨妳怎麼說。」

但真的，我覺得我們很像。

站在這露台、第一眼看到它時，我就感覺能夠從它身上看到自己、那樣子程度的像，這並不是霈霈派的萬物皆有靈、卻只是純粹地從它身上看到我自己的投射：我知道我的人生正在起步、已經起步，但我沒有把握命運是會把我帶到頂端？又或者中途就膩了似的將我擱下？就像是它對這座半完工的建築物那樣，本來可以氣派拉風的存在，結果現在卻成了尷尬多餘的半存在。

半存在。

我害怕半吊子的人生，我於是只好全力以赴，不放過任何一個可能的機會、那樣子的全力以赴。

從東京朝聖回來並且把工作室打扮完成之後，首先我不得不做的第一件事情就是把自己帶到電腦前面，瘋狂且病態的發送履歷表和作品集到每個可能願意和我合作的出版社、唱片公司、電影公司、廣告公司……；我從網路上找到的 e-mail 是不是還在使用中也不確定但依舊管他去的發送過去，並且盡可能的用字臭屁卻又不失幽默，是如此這般的不放過任何一個機會，任何一個可能的機會；如果可以的話，我甚至願意買個報紙的頭版廣告，告訴全世界這裡有個人才、而他需要機會，後來沒那麼做的原因並不是太神經，而是因為我沒錢，沒有多餘的錢可以這麼招搖的揮霍，我知道並不是所有案主都像葉緋與米緋那樣願意給予好價碼以及準時的付款，我遇過很多白做工的案子也收過幾次跳票的支票、在學生時代。

是這樣子亂槍打鳥似的自我推薦之後，在那些數量可觀的 e-mail 裡，絕大多數是石沉大海、沒有回音，這我不意外，早有心理準備的不意外；有些給了溫情且制式的拒絕回信，沒問題，這我接受，因為他們還不曉得我真的很厲害，而他們以後會有機會曉得；極少數願意給我一個合作嘗試的機會，但是新人價碼不會太高，如果失望的話拒絕也沒關係。對於這方面的回應我總是接受，不管價碼也不論多趕的案子全都一口氣接了下來，只要願意給我機會，再爛的案子我都接。

只要是個機會，讓我證明自己的機會。

在那樣毫無選擇性的開發案源階段裡，卻唯獨有家出版社我拒絕，原因連我自己都感覺到可笑得說不過去，但確實我覺得那很重要：我應徵過那家出版社。

稍有名氣但並不是排名在很前面的出版社，那年剛開始找工作時它卻曾經是我的第一志願，因為它供應午餐，而這是它唯一吸引我的一點，因為當時的我真的是連每天的午餐費用都是負荷。

不知道為什麼這個回憶這個提醒讓我很不舒服，我需要機會但我並不想要再回憶，我於是只把這封mail列印下來貼在牆上當個提醒，這樣而已。

我不要再回到那樣子的生活，我心想。

那是我人生中最忙碌的一年，隨著作品逐漸累積、曝光，我接到的詢問電話也越來越多，工作量同時倍數成長，這結果令我忙得快樂，快樂得紮實；享受忙碌。聽起來很像是某個梳著油頭的大老闆在接受商業雜誌專訪時，坐在真皮沙發上抽著雪茄蹺著二郎腿時會丟出的冠冕堂皇場面話，不過對於我而言確實是這麼一回事沒錯。

以一種炫耀的姿態、我忙碌。

忙。

儘管每天都忙到爆炸，然而我依舊十分享受電話響起時那一刻的驚動，無論是經由介紹轉而打來的邀稿電話──那小子很有一套，而且很肯賣力幹──我想像他們是這麼推薦我的、我努力讓他們這麼推薦我，又或者是例行性的開會通知、內容修改，甚至是來電打槍的電話我都十分愉快的立刻接聽還不抱怨，因為那證明著我的存在。

我存在。我心想。而且我希望別人也知道這件事，希望更多更多的人知道這件事。我存在。

整個上半年我沒回家過幾次，倒是母親擔憂的經常北上找我，看看我有沒有忘記吃飯？擔心我錢是真的夠用、或者只是打腫臉充胖子的匯錢回家？幾乎沒有例外的是母親總會提著沉重的水果到來，儘管我說了好幾次台北也賣水果、要她別白費這力氣，但母親總固執的認為台北物價高、於是每次每次的沉重她的雙手；從不開口說愛的母親，卻把愛放進日常生活裡細而微小的瑣碎裡表現著。

愛。

『你爸爸沒有坐過捷運。』

也忘記是母親第幾次上台北時，為了方便也為了划算，於是我給她買了張儲值好的悠遊卡，在捷運站前教著母親使用時，沒頭沒腦的、她脫口而出這句話。

脫口而出的遺憾。

我們都還想他，儘管，我們也儘量不想他；爸爸在天堂過得很好，過得更好，我們要自己這樣的想、這麼希望。

從那之後我不再是把工作視為生活的全部，而只是第一。

每次母親總是待上兩天、最多三天，每當母親離開的那天，就算再忙我也會擱下所有工作放自己一天的假，陪著母親出門去看看台北、而不只是待在房裡幫我打掃房子或者靜默陪伴；北投溫泉、淡水老街、西門町、台大師大……只要是捷運方便的地方我們一概都去，都去走走去看看，不遺憾，不要再遺憾。

只除了天母例外。那是葉緋的二〇〇二年，我記得。

葉緋沒打過電話來，她不主動打電話給人的，我知道，她偶爾會傳簡訊來，接著我會立刻回電話，通常說個故事給她聽，接著我們會聊著長長長長的天，可是她從沒主動打電話過來，葉緋不主動打電話給人的。

倒是霈霈打了幾次電話來，有時候我接、有時候不接，看我當時忙不忙來決定接或不接，工作第一是原因，而我們沒有工作往來；自私的蘇沂，反正是霈霈自己這麼說我的。

反正。

而那次我接起。

那天母親離開台北回家，於是我放自己一天的假，當霈霈打來時我正舒舒服服的攤在床上打開電視看著夜裡的MV，手裡還握著一杯泡好的UCC、當然；在一陣例行性的抬槓之後，霈霈突然的說她人在機場、正下飛機，但我想這應該不是她打來的主要原因，心情不好才是。

我聽得出來她心情不好，心情很糟，我想我大概知道為什麼：

「這次是去美國還埃及？」

『美國和埃及。』

「哦。」

『去美國出差之後，利用最後的特休排了幾天假順便飛去埃及。』

「可還真順便喏。」

霈霈第一次的埃及冒險並不愉快，文化差異是主要原因，處女情結則是我們都驚訝的關鍵；我不曉得她有沒有告訴葉緋，我猜她應該不會告訴葉緋，我發現她們雖然要好、但卻不太說起放在心底的話。

「不是決定分手了嗎？幹什麼還飛去找他？最後一炮以紀念？」

『拜託！女孩子心情不好打電話來你都這種口氣哦？』

「不然咧？好好好、秀秀哦，乖～～」

『算了，當我沒說。』

「好啦，這次又怎樣？」

『還真貼心哦！直接問結果。』

難搞。

「好啦，妳幹什麼又飛去找小埃及？」

『因為他還愛我啊，而且我後來也想通了，反正我才不想嫁到沙漠去咧！所以在遇到下一個喜歡的人之前，就繼續交往也沒問題啊。』

「那很好啊，幹嘛還心情不好？」

霈霈還是不說她幹什麼心情不好，霈霈反而問：

『心裡空空的沒住著人，不會難受嗎？』

「妳心裡不是住著個金字塔？」

『你明明知道我問的是你吧？』

「哦。」

但我心底不空，我想說：我心底住著個人，高攀不上的人。

『本來以為我還是愛著他，但這次見面卻突然覺得，我好像只是希望他繼續留在我心底，別讓心空掉。』

「有差別嗎？」

『有啊，因為心如果一空掉的話，那——算了，我不知道該怎麼說啦。』

那就會換了個人進駐，不請自來還讓心淪陷，而那個人不愛妳，於是妳需要有個人擋著。我知道。

「別想太多啦，這種事通常喝兩杯就過去了。」

我試著把話題移轉，但沒用。

『你想有沒有可能，有一種愛情是會為了要自己不愛上某人而逼自己愛著別人？』

「那不是很悲哀嗎？」

『是很悲哀啊，所以我才打電話來問你該怎麼辦嘛。』

「問我這個沒感情的人？」

『嗯。越是沒感情的人，越是懂得怎麼處理感情，你不覺得嗎？』

我不曉得。

把杯裡的UCC喝乾，嘆了口氣，閉上眼睛我想起最初的我們。

一開始我是很想要愛霈霈的沒錯，我知道，而且我知道她也知道，可是我們一直都沒能走往愛的方向去，很奇怪的就是走不到；外表上我們都是對方喜歡的類型，性格上也合得來、聊得來，欣賞的事物一致、關心的話題一致，有幾次氣氛好得幾乎就要跨過愛的那一頭了，可是總差了一步，不知道為什麼就是總差了一步。

亂了腳步的圓舞曲，舞愛情，我們。

「打電話問葉緋吧！這問題我回答不來啊。」

『太晚了。』

「她睡囉？」

想了想，吸了口氣之後，我聽見霈霈說，故作沒事的說：

『我是說現在回家太晚啦！你那邊方不方便借住一晚啊？還是正好有別的女人？』

太愛試探也總是只試探，我心想。或許這就是我們總差了的那一步，我感慨。

在愛情裡試探是不夠信任，在愛情外試探是不夠放心，我沒能讓妳放心到想要信任的地步，於是我們的愛情總是只差了一步。

儘管，這是我們最接近愛情的一刻。

——你想有沒有可能，有一種愛情是會為了要自己不愛上某人而逼自己愛著別人？

「有。」

在心底，我這麼回答著霈霈也回答我自己；我們不只總差一步、在亂了腳步的愛情裡，我們並且大不相同，妳的答案是肯定，而我則否定：我不會為了要自己不愛上某人而逼著自己愛著別人，我只是把心關起來，別讓她看見，這樣而已。

把心關起來，別讓他看見。

我想說，我沒說，我只說：

「好啊，歡迎啊。」我說了地址還熱心的叮嚀要計程車司機怎麼走比較快，接著在霈霈反應過來之前，又說：「那、要不要也順便借妳睡覺啊？反正我也很久沒抱女人了。」

『……』

「不過我最近忙到快爆炸所以很久沒有練身體了，妳不會介意抱著已經合而為一的腹肌吧？」

『蘇沂——』

「因為很久沒抱女人了，所以也沒有辦法確定是不是能夠順利的像金字塔那麼厲害的堅硬喏！這方面的事我想就交給妳——」

『再見！』

——你想有沒有可能，有一種愛情是會為了要自己不愛上某人而逼自己愛著別人？

我會因為寂寞而愛人，因需要而愛人，但我不會為了要自己不愛上某人而逼自己愛著別人。我想說，我沒說。

這是我們最接近愛情的一刻。

這是我刻意的錯過。

第六章

心。開

『怎麼樣才能把心打開來？』

「或許先試著別去想心關著的這件事情。」

我回答。卻，說不出口，我心關著的是，是妳。

≫之一≪

葉緋

「怎麼樣才能把心打開來?」

在無名咖啡館裡、和蘇沂不知怎麼聊起的這話題:把心打開來。

時序是秋末冬初,在兩個人的無名咖啡館裡,沒有霈霈,說好要來的霈霈結果這天卻從頭到尾沒有出現過,就連打電話給她也沒接;關於這點、蘇沂好像一點也不意外的樣子,我心想他們兩個人大概又吵架了,我總是搞不懂他們兩個人到底是怎麼回事,我其實有點羨慕他們總是吵吵鬧鬧的感情。

那次的新居party最後他們兩個說好要一起搭計程車離開,可是後來蘇沂下樓去買了包菸回來之後,卻又改口說他有事要先走了,也沒問霈霈要不要一起先走、就自顧著離開,霈霈看起來很不開心的樣子,很不開心卻又反常的悶不吭聲,還索性就待在我那裡一起過夜了。

『好像從畢業旅行之後，我們就沒有一起這樣過了哦？』

黑暗裡，我聽見床的另一側，霈霈呢喃似的說。

「好久了，七年？」

『不曉得，反正是夠久了，一眨眼我們居然也認識十年了耶，真可怕，感覺好像昨天才國中畢業而已，結果今天已經認識十年了，嘖嘖。』

十年——陳讓最愛的歌，陳奕迅的〈十年〉。

『但其實應該扣掉大學那四年的。』

回過神來，霈霈還就著這話題在黑暗裡說著。

「嗯？」

『大學的時候我們幾乎沒聯絡，對吧？』

「嗯。」

『那時候我以為妳在生我的氣。』

「怎麼這樣想？」

『妳還記得他的名字嗎？』

我的初戀男友，分手後和霈霈交往的他。

「記得啊，不過臉倒是有點忘記長什麼樣子了。」

連到底是雙眼皮還單眼皮都想不起來的那個程度。

『說真的，妳有生氣過嗎？』

「沒有，我沒有妳以為的那麼愛他，而他也是。」不過當時的我和他都還不知道這件事，還不知道其實自己和對方都沒有自己想像中的那麼愛。「怎麼啦？」

『今天不知道幹什麼的，突然發現我們好像從那之後就不再討論過彼此的感情生活了。』

「好像是哦。」

『還滿懷念以前嘰嘰喳喳的聊著男人啦、誰誰誰很帥啊、誰誰誰好像喜歡我的啊……的那個時光。』

「已經沒有那個心情了啊。」

已經沒有那個心情了……

『而且我最近突然發神經的經常想起他。』

「哦？」

『不知道他結婚了沒啊？後來過著什麼樣的人生啊？現在有沒有女朋友呢？啤酒肚是不是冒出來啦？頭髮有沒有開始變少啦？這一類的想起他。』

「聽起來比較像是好奇。」

『我和小埃及分手了。』

沒頭沒腦的，霈霈突然說。

是從什麼時候我們聊起自己的感情生活也開始先鋪陳了呢？

『不意外？』

「不意外。」

沒分手我才意外。我心想。

『我好累，談戀愛談得好累了。』

「聽起來還滿令人羨慕的嘛。」

『才怪咧！沒騙妳哦！我從幼稚園就開始談戀愛了，初戀的對象是巷口賣大麵羹那位阿姨的小兒子，和我同個幼稚園。戀愛經驗多得不得了哦！可是很奇怪，戀愛這東西我依舊還是搞砸的多。』

「這種事情不能用經驗值比的嘛。」

『很好笑，如果愛情是個事業也有年資的話，我現在應該可以當董事長囉。』

「那我應該還在停車場的小門亭找零錢吧。」

然後我們就笑了，在一陣發洩似的大笑之後，霈霈問我想不想睡？我說其實還不睏，接著我們一致認為那麼就下床移駕到吧台，繼續把白天買太多的紅酒開來繼續喝。

『嘿！要不要來個久違的 lady's talk？』

「別了吧，聊房地產我比較拿手。」

不管我，霈霈依舊著問：

『妳談過幾次戀愛？』

「我沒談過戀愛。」

『少來。』

「我對戀愛的定義比較嚴格。」

『真狡猾。』

「或許哦。」

『那我問妳哦，如果心裡住著某人，而且每天每天的都很想他，很想見他，想得幾乎就像好像自己真的是在熱戀的樣子了，這算不算是和對方談戀愛？』

「柏拉圖式戀愛哦？」

『呿～～』

「不算吧。」

『但我真的很想把他算進來耶！』

「神經。」

『真的啦！甚至每天每天我都得花很大力氣才能要自己忍住不拿起電話打給他，什麼開場白也沒說的就是劈頭一句：喂！我告訴你哦！如果有人問你、這輩子被幾個人愛過，千萬別漏掉算我一份哦！』

「神經。」

『哎～～就知道沒有人懂我。』乾脆連酒杯也懶得拿了，直接拿起紅酒瓶就著瓶口豪邁的咕嚕咕嚕，並且試著理解為什麼我說不能打電話叫門房去幫我們買宵夜過來之後，霈霈才又說：『大概是以前累積了太多感情債了吧，現在遇到報應了。』

「亂講。」

『啊～啊～怎麼樣才能把心打開來啊！』

「把心打開來幹嘛？送人哦？」

很奇怪似的盯著我的臉老半天之後，霈霈很不解的說：

『好奇怪，為什麼蘇沂會覺得妳很像日本純愛電影的女主角？』

「會嗎？」

我說，然後低頭喝了口紅酒，藉此掩飾我此刻的臉紅。

「怎麼樣才能把心打開來？」

而此刻我和蘇沂坐在無名咖啡館裡，一邊確認著霈霈應該不是晃點我們了吧？一邊我轉述著霈霈當時的這個問題。

『是霈霈問妳的吧？』

幾乎是想也沒想的、蘇沂立刻就這麼反問著，而臉上是某種接近生氣的表情，每當聊起霈霈時、他臉上才會出現的表情，簡直像是特別為了霈霈而存在的、這表情。

每當這個時候，我總無法自已的懷疑著他們其實相愛。

『她問錯問題了！該問的是怎麼把對方的心打開才是吧！』沒好氣的，蘇沂皺著眉頭說，『反正不會是自以為是的蠻攻就對了。』

「什麼?」

搖搖頭，蘇沂把臉上的壞表情搖走，呢喃似的說了句接近無聲的抱歉之後，轉頭，他向冷漠的老闆娘又喊了一杯咖啡，道歉似的解釋：『別理我剛才說的那一堆狗屎，我只是一想到那女人就一肚子火。』

「霈霈嘛。」

望著我，蘇沂突然的說：

『她的個性反而比妳還適合當富家千金。』

我只是個富家千金嗎?

『或許先試著別去想心關著的這件事情。』

「嗯?」

『那個問題，心開的問題，這是我的答案。』

或許先試著別去想心關著的這件事情?

熱咖啡送上桌，抽了根香菸轉換心情之後，蘇沂興致勃勃的問：

『嘿!妳跨年有計畫了嗎?』

忍不住的、我就笑了：

「你真的很愛跨年耶。」

『迷信嘛。』

「迷信？」

『因為太白痴了，所以不好意思說明的蘇沂派迷信哪。』

笑了笑，我說：

「還沒有計畫。」

還不曉得能不能有計畫，其實我想說的是。

明年春天姐姐就要生產了，為了這個家裡第一次到來的新生命，整家族的人都忙得不得了，連遠在加拿大的外公外婆都特地飛回來幫忙照顧大腹便便的姐姐，也於是公司裡的大小事務全落到我一個人身上負責處理決策，我有時會想像如果可以的話，父親甚至希望我代替他去議會質詢也不一定。

然而，連我自己也意外的是，對於蘇沂熱切的邀約，我的回答不是沒時間，卻是還沒有計畫。

我真的愛上他？

『要不就選擇那天來個員工旅遊吧。』

回過神來，蘇沂還在自顧著說，開心的說。

「員工旅遊？」

『嗯啊，自己開工作室以後，我發現對於上班這件事情，我什麼也不懷念就只除了員工旅遊。你們公司有員工旅遊嗎？』

「有啊，一次國外一次國內。每年。」

但每次我都沒去。

『真不愧是大公司……算了。要參加嗎？蘇沂的非正式員工旅遊，哈！』

「去哪？」

『我想來個溫泉旅，如何？』

「北投挺近的，幾個捷運站就到了不是？」

『但妳不上台北不是嗎？』

「你記得？」

他難得靦腆的笑著。

「要找霈霈嗎？」

我問，問得試探，而他怔住。

望著蘇沂怔住的表情，我想起霈霈曾經說過的：愛情，給過我們一次機會。

——蘇沂也約過我跨年。

——本來他的意思是兩個人，哦……好吧！我也不確定。

『好啊。』

結果，我聽見他這麼回答；而我，好像開始有點明白霈霈當時的心情：喜歡妳，卻不說，不說就是不說。

愛情給過我們一次機會。

我想像那年他們就坐在這裡，這我們總待著窩著的桌子邊，這無名咖啡館，不歡迎也不拒絕任何人進入的無名咖啡館；時序或許同樣是秋末冬初也不一定，那不重要，不重要。桌子的這邊是霈霈，喝的是美式咖啡，糖的份量是兩倍，提拉米蘇會點來配著吃，霈霈，正墜入一段虛幻且遙遠的網戀，她害怕，害怕虛幻害怕遙遠也害怕網戀，但她墜入，仍然墜入，因為愛；她愛她也怕，是這麼不確定該不該繼續下墜的霈霈望著眼前的蘇沂，她心想：或許愛他才是對；桌子的那端是蘇沂，人生失去信仰，生活沒有方向，並且、剛結束一段感情，愛多深？不知道，只知道他當時喜歡著霈霈，並且他同樣約了她跨年，兩個人的跨年。

你愛我嗎？

霈霈想問，霈霈沒問，拉不下臉問，也放不下心問，當時他們了解得還不夠深，卻也認識得足夠多；霈霈於是賭氣於是試探，結果是他退縮他放棄，他不是真的愛，他只是想要個陪伴，愛情裡的伴。

愛情會讓一個人變得幼稚，而、還能保持理智的，則只能算是需要。

此時此刻的我，望著眼前的蘇沂，心底、是這種感覺，這種明白；他不幼稚，他理智，他是愛情的慣犯。

還好沒愛。

之二

蘇沂

『要找霈霈嗎?』

葉緋問我，而臉上的表情是微笑，笑裡沒有溫柔。

她不愛我，我心想。她只當我是朋友，或許還只是個朋友的朋友，我恍然大悟；我原以為她對我多少是有些愛情的成份，那些午夜的簡訊，那些午夜的故事，那些她時而凝望著我的不經意地溫柔流露，像是專屬於我似的、那溫柔流露；原來她不愛我，原來我自作多情，原來。

也是，我本來就高攀她不上，也是，連童話故事裡一向都只有灰姑娘，更何況現實生活裡?也是，男人本來就該是王子，有錢有勢，勇敢救贖；也是，我們本來就不是同個世界的人，活在不同的層級裡，也是，本來就是。

「好啊，不過妳約吧，我和那女人講不到三句話就會吵架。」盡可能讓話裡沒有失望的、我說，「飯店的話就我來負責預約吧。」

『好啊。』

好啊。

好個蘇沂，不是王子卻偏偏愛上公主，自找苦吃，自作多情，好個傻蘇沂。

這時候多合適來首陳奕迅的歌哪！伸了個懶腰，我心想。哪一首不重要，反正就是陳奕迅的歌就好，或許〈你的背包〉？嗯，不賴，不管歌詞的話、它真是首好歌哪！曲調由陳奕迅唱來灑脫、男人、卻哀傷；不過不用說的是，無名咖啡館是沒可能會放陳奕迅的歌的，她只放英文老歌，一向只放英文老歌。

「喂！我失戀了，幫個忙放首陳奕迅好不好！」

轉頭，我是很想這麼對冷漠老闆娘喊的，但是結果我沒有，不用說的當然是沒有，沒有人敢這麼對她說話，甚至有沒有人敢和她說話都是個問題。

「買單。」

結果我喊的是這個，把杯子裡冷掉的咖啡一口喝乾，起身，我們推開木頭大門走出無名咖啡館也走回這門外的現實世界；比了個電話的手勢然後向葉緋揮手道別，望著她轉身沒入計程車的背影時，不知怎的、我又改變主意轉身走入無名咖啡館裡。

一個人的無名咖啡館。

「黑咖啡，兩份奶。」

朝著老闆娘我喊著，結果她一副很受不了怎麼我又來了的表情、把手中剛點燃的香菸捻熄，接著動手煮咖啡；而這次我不是習慣性的走向我們的老位子，卻是站在櫃檯前看著她煮咖啡，我想我大概是壓抑到瘋了，因為我居然很想跟她聊一下，真的很想跟她聊一下。

「可以請妳抽根菸嗎?」

『你什麼時候看過我抽菸。』

連頭也沒抬的，她把問題丟回給我，以一種冷到不行的姿態，冷得夠囂張，囂張得好像她本來就應該是這種人那樣。

不意外，厚著臉皮、我繼續：

「跟愛情很像啊。」

『我不是個聊天的好對象。』

「把菸點著卻不抽，把人迷了卻不愛。」

『咖啡好了。』

果真不是個聊天的好對象。

「我可以站在這裡喝嗎?」

她乾脆裝作沒聽見的不理我。

「我失戀了。」

『那又怎樣。』

「是沒怎樣,但我就是想在這裡把這句話具體的說出來,說完。」

『然後怎樣。』

有幾秒鐘的時間我想判斷一下她這句話是疑問句還是直述句,但結果幾秒鐘的時間過去之後我放棄,我想就算是驚嘆號從她嘴裡說來也會平淡得像個小逗號。

「然後我就可以把這件事情留在這裡,輕鬆的走出這大門繼續過我的生活了。」

『哦。』

「妳記不記得兩年前的我?差不多也是這季節,穿的也是格子襯衫和牛仔褲。」

『我連自己是誰都忘了,你想呢。』

這句話是疑問句,我確定。燃起一根我的香菸,深深的吸進肺裡又吐出來之後,我說：

「我想得肺癌，然後死掉。」

『嗯。』

我想扭斷妳脖子，然後放火燒了這咖啡店！我想像要是我這麼對她說，她的反應也只是冷冷一聲嗯吧。呵。

「我是說如果死亡可以選擇的話，我想要的是這個選擇。」

『嗯。』

「妳呢？」

『安靜的死掉，旁邊沒有人講話。』

好吧！她真的覺得我煩了。

「打擾到妳我很抱歉，可是我現在心情真的很不好，妳可不可以聽我說個故事？很短很短的故事，然後我就走，好嗎？」

『有種東西叫錄音筆。』

「好主意，謝謝妳，說完這個故事我立刻就拔腿跑出去買支錄音筆，而且真的會是用跑的。」

然後她就笑了，雖然只是嘴角的微微揚起，不過我想那應該是代表笑的意思。

『走之前咖啡要喝掉。』

「是跑。」

她這次是真的笑了。

「兩年前我愛過一個女孩，不，更正確的說法是，我希望我愛上那個女孩，因為我那時候真的很寂寞。」

她揚起一根香菸，依舊是只點著卻不抽，我學她把視線望著煙絲，我繼續我的故事：

「大概她也感覺到是這樣吧，所以我們後來沒愛成，是有過幾次機會，可是我們都沒有，總是只差了那麼一點；接著隔年，那份愛就不見了，順理成章似的消失了。

「而現在我愛上另一個女孩，千真萬確的是愛上了，不是因為寂寞或者其他什麼的，我不寂寞了我知道，而且我的人生還不錯，比上不足但比下很有餘的那種不錯；本來我以為她和我一樣，有點愛著對方、也很想被對方愛著，我以為我們都同樣想要把愛從感覺變為具體，可是今天我才知道原來她並不愛我。

「以上。」

『聽來不像故事。』

「所謂故事這東西本來就真假難辨，決定權在於說故事的人。」

『咖啡冷掉了。』

「哦。」

把咖啡喝了一半，我苦笑：

「所以，是不是相同的，明年我就可以不愛她了呢？」

『明年就知道了不是。』

「呵，也對。」也對，「謝謝妳。」把剩下的咖啡喝乾，遞了張鈔票在吧台上，我說了再見，然後轉身，沒用跑的而是走出這裡走回原本的蘇沂。

『這杯咖啡不用一千塊。』

她的聲音在我背後響起。

「我知道，但我覺得它值。」

『歡迎常來說故事，看在錢的份上。』

她說，然後我就笑了，笑得心都酸了。

酸了。

算了，還是賺錢還債比較實在，沒有錢你談什麼戀愛？

本來我以為今年能把循環利息驚人的現金卡債還清就已經夠可喜可賀了，但沒想到原來我太低估我自己，想來確實也可笑，一直以來我最害怕的夢魘就是被低估被看輕被不知道原來我有多厲害，但沒想到居然就是連我也低估我自己。

今年夏天我就已經成功還清現金卡債，那天還心情大好的放自己一天假、回到出版社去等米棐下班為的是請她到居酒屋吃頓料好紮實的晚餐，她真的幫了我很多忙、在我最需要的時候，無論是實質上的、又或者心靈層面，這事我想我起碼會記上個十年不止。

晚餐。

沒有巷口流浪狗的故事、也沒有誰愛誰不愛的情感牽扯，是這樣子一個單純而又美好的慶祝晚餐。

『乾杯。』

「別了吧，不過是還清最高利息的債而已，哪值得乾杯啊。」

『當然值得哪！這世界上直到死掉都還一屁股債的人多的是呢。』

米綝笑著說，並且舉杯堅持著，於是我們乾杯，為此時的此刻乾杯。

我沒想到幾年之後，這類似的對話會出現在日本電影「東京鐵塔──老媽和我，有時還有老爸」裡頭，而那時的我們……

夏天之後我的工作量持續以驚人的速度爆增，雖然依舊是來者不拒的接，但接案的價碼卻在此時翻轉了好幾倍，因為我開始講明會以開價來決定案件的先後順序，於是我才驚覺、原來我的時間從此開始值錢。

把大學的助學貸款也還光的那天，首先我做的第一件事情就是上網預訂跨年的飯店，我看上的是礁溪的老爺酒店，樓中樓套房的那一間，有個半露天的室內溫泉池，有面可以眺望整個蘭陽平原的好窗戶，還有個好帥的價錢。

『本來還以為你會訂那種又破又小的寒酸飯店咧，嘖嘖。』

輪流泡完溫泉，一同吃完晚餐之後，紛紛穿上飯店準備的浴衣，我們一邊喝著啤酒一邊欣賞這蘭陽的夜景，並且等待〇五年的到來。

「拜託妳不要一邊嚼著小魚乾、一邊像個大嬸一樣的發出嘖嘖聲音好嗎？」

不理我，霈霈興致很好的繼續著：

『幹嘛訂這麼貴的飯店啊！連我們公司的員工旅遊都不會住這麼好的房間耶。』

「我虛榮嘛。」

『這倒是。』

『真的不用我們share嗎？這一晚要價上萬塊吧？』

果真是上流社會的女孩啊、葉緋，對於這種場所的猜價還真準確。

「不用啦，就當作是我邀請妳們來參加我的慶祝party啦。」

再說都確確實實的努力工作了這麼久，從也沒捨得給自己住過什麼好飯店，今年的最後一天以及明年的第一天在這種地方睡去以及醒來，這事光想就有種會因此而幸運一整年的希望感哪！

但重點是蘇沂式的迷信、當然。

『慶祝什麼？你有女朋友了？』

「慶祝我們三P啦。」

『又來了。』翻了翻白眼，霈霈很受不了似的說，順便還仰頭把手中的啤酒一飲而盡。『順便也幫我再開一罐啤酒吧。』

「哦。」一邊我開著啤酒，一邊我看了看葉緋，而她晃了晃手中的啤酒搖頭示意；她手中那罐啤酒從晚餐之後就喝到現在，她今天看起來好像心情很不好的樣子。「慶祝我把助學貸款還清啦、其實。」

『什麼？你是拿助學貸款唸完大學的？』

「不行嗎？」

吵死了、這霈霈。

『哇哇！大學的時候我還以為你也是有錢人的公子哥耶。』

確實一直以來我都被這麼誤會著沒錯，雖然一直以來我總搞不懂為什麼我會被這麼誤會著。

「如果家裡有錢，我幹嘛大一就開始接case？當你們還在搞社團辦聯誼、在電影院裡抱來親去的時候，我就已經在適應被打槍的挫折感，有多幹妳就不曉得。」

『我以為那是你愛現嘛，所以才接case啊。』

「最好是啦。」白痴。「倒是，妳算命的結果如何？」

『算命？』

「妳沒跟葉緋講哦？」

瞪著我，霈霈有種事跡敗露的難為情，『我不想聊這個啦。』

那真是太好了，我就要聊這個：

「這女人昨天跑去南部算命。」

『蘇沂！』

「米卦還鳥卦還烏龜卦之類的鬼。」

『閉嘴啦。』

『妳算什麼？』

『無法決定的事，不知道該怎麼決定才好的事，所以就乾脆用算命來決定啦。』

「什麼事啊、到底？」

『感情啦，煩死人了你。』

「妳不是早把小埃及封鎖了？」

封鎖得了你的帳號，卻封鎖不了對你的感情。

記得有陣子霈霈的 msn 上秀出的這一串的訊息，沒想到原來這女人也有愛耍文藝腔的一面；可能她是真的很愛那位埃及人吧、我想。

『才不要跟你講咧！喂喂、快倒數了！』

『結果如何？』

葉緋問，而霈霈笑而不答，顯然是個好結果，我心想：

『五、四——』

「Happy 2005！」

2005。

第七章
殘。忍

愛情裡最殘忍的
或許不是遺忘
卻是否認

≪之一≫

葉緋

知道了就能真要自己放棄嗎？

當霈霈說起她的算命時，我疑問。

放棄了就能比較快樂嗎？

我疑問，但我沒開口問，因為倒數了，二〇〇五年來了。

變成二〇〇五年的這一刻，從晚餐之後就一直沒命似地灌自己酒喝的霈霈終於也不勝酒力而跑到廁所去、把胃裡過多的酒液以及心裡過多的煩惱吐出。

「去看看她吧。」

『我？』

「嗯，幫她把頭髮撩起來、拍拍背之類的。」

『妳很有經驗嘛。』蘇沂吐了個漂亮的煙圈，但依舊沒有想要起身的意思。『那女人是不是常這樣啊?』

「不是。」我笑著搖頭,「是有段日子我也常這樣。」

『看不出來妳曾經酗酒過。』

「不是酗酒。」

是依賴安眠藥,而且那時候沒有人幫我撩頭髮和拍背,那很難受。

點燃一根蘇沂的菸,在心裡、我囉嗦了這麼一堆,不過,也只是在心底囉嗦了這麼一堆;而蘇沂望著我,臉上是好像想要問些什麼的表情,不過他終究沒有問,他只是捻熄了左手的菸,把右手的啤酒一飲而盡接著捏扁空罐,然後起身慢慢的走向廁所。

當廁所裡傳出沖水聲時,我聽到他倆吵吵鬧鬧的嘻笑聲,我聽見醉透的霈霈吵著要蘇沂揹她上樓,我聽到蘇沂口中咕噥著『妳很重。』『敢吐在床上就揍妳。』接著我聽見他們的喧嘩上移,上移,終至完全性的沉默;沒一會兒的沉默之後,我聽見溫泉池裡傳出嘩啦的水流聲,在水流聲裡,我聽見自己這麼疑問著:不會是在裡面就做了起來吧?會不會多餘的人是我?會不會我一直就多餘?

搖頭,我替自己感覺到啼笑皆非,真的啼笑皆非,我的存在焦慮,我苦笑;傾身,我捻熄了已經燃燒到底的菸,拿起擱了整晚還沒喝完的啤酒我灌了一口,啤酒苦掉了,別的也苦掉了。

苦掉了。

就這麼呆呆的望著窗外蘭陽平原的夜景，也不曉得是過了多久的時間之後，我聽見身後有腳步聲走近，轉頭，我看見換上便服的蘇沂。

『還不睡？』

「還不睏。我以為你們睡了。」

『那女人睡了，我則是又跑去洗了澡順便再泡個溫泉。剛被她吐了整身，超噁的。』蘇沂的臉整個皺了起來，『那件浴衣我要叫她付錢買回去洗乾淨之後送給我！』

「呵。」指著蘇沂擱在菸盒旁的手機，我說：「剛有人傳簡訊給你。」

『罐頭簡訊。』拿起手機查看之後，蘇沂笑了起來，『果真，而且還是樓上那位傳的，白痴！』簡訊內容看也沒看的就直接刪掉，把手機擱回菸盒旁邊、蘇沂找話聊似的說：『大概是預設好發送給某個群組的罐頭簡訊吧，果真是連祝福也不經心的女人。』

「呵。」

『我曾經收過個罐頭簡訊印象深刻。』

他說。簡訊的一開頭就是台北一〇一遭受恐怖攻擊死傷幾千人什麼的，簡訊最末是但你是唯一的幸運者因為你收到了這封簡訊之類的，祝你生日快樂還聖誕快樂的。

『看完之後我氣得不得了，真的氣得不得了。』

當時他人在台北街頭，某個轉角的咖啡廳抽菸，他記得，看到簡訊時他第一個反應是信以為真的起身找了找一〇一的方向，接著他認真思考會不會剛好有哪些認識的人就在那恐怖攻擊裡，他甚至想要喊來老闆問有沒有電視想看個新聞，最後他看到簡訊最末才發現這原來只是個開玩笑的祝福簡訊。

『我氣得不得了！』他又重複了一遍，『有那麼多罐頭簡訊、那麼多！為什麼偏偏要挑這個傳送呢？收到這種垃圾為什麼不吭一聲直接刪掉還要轉送呢？』說著說著他嘆了口氣，『唉～～我不太會解釋為什麼那麼生氣，我——』

「我懂。」我說，然後他笑了起來，笑裡有被了解的安心，「你好像不太傳簡訊？」

『嗯，我習慣直接打電話，或者乾脆跑去找對方，』又燃起一根香菸，『簡訊沒問題，但罐頭簡訊就真的很討厭，連收都不想收到的那種程度的討厭，就是連生日卡片我都自己設計，然後手寫祝福，我超討厭制式化的祝福，尤其是罐頭簡訊，更別提還是群組發送的那種不經心。』

「聽得出來你真的很討厭罐頭簡訊，剛剛起碼就重複了三次。」

『呵，妳呢？』

「我什麼？」

『剛剛沒有同時收到霈霈的簡訊？還以為我們是在同一個群組裡面。』

「不曉得，我手機放在辦公室裡。」

『忘記帶？』

「故意的，難得休假還要被打擾的話會很掃興。」跟著也燃起一根他的菸，接著我說：「這大概是我今年第一次休假旅行吧！不，嚴格說起來是去年才對。」

『不是吧。』

「真的喲。」

『再忙的話、賞自己半個天開車去谷關泡溫泉總行吧？還是說妳家後花園就有個從日本空運來台的溫泉池？溫泉水還是真空包裝的那種？』

然後我就笑了。

「不，我家沒有後花園，因為我媽討厭花花草草的她看了會心煩，只有個大車庫，車庫裡放的盡是些笨車子。」

然後他也笑了。

「是不太敢給自己放假。」

『妳對自己太嚴格了。』

「沒辦法，不這樣不行。」

『為什麼？』

「放假不難，難的是收心。」

『愛人不難，難的是不愛。』

「咦？」

『沒事。』他怏怏的說，而表情是不自然的欲蓋彌彰著什麼，接著他轉移話題：『菸沒了。』

「抱歉哪，我今天好像抽太多了。」

『沒關係啦，我再去大廳酒吧買就行了。』

「還開著嗎？這時候？」

『不試怎麼知道？』

「也對。」

起身，走沒幾步之後，蘇沂卻又折了回來。

「忘記帶錢？」

『不，是突然想到，要不要乾脆一起去喝杯酒？』

我為難。

『還是妳想睡了？』

「不，只是……我還穿著浴衣耶。」

『沒關係啦，反正大家都這麼在飯店裡跑來跑去的，』並且，『難得能和妳在像樣的地方喝杯酒。』

「那家店聽到的話會傷心吧？」

『呵，妳總是知道我在說什麼。』

大廳酒吧，他的 whiskey 和我的 whiskey sour，我們。

『果真還是這種地方比較適合妳哪。』

「什麼？」

『比起我們常去的那家夜店，這裡還是比較適合妳。』笑了笑，蘇沂突然的又說：

『今天霈霈不是先開車來我家接我嗎？』

「嗯。」

『接著我們才去妳的公司等妳下班。』

「是啊。」

『雖然本來就知道妳的身分地位，可是平常不會特別想到這個，真的不會特別去想這個，因為妳沒什麼架子，也不怎麼提起家裡或工作的事，但今天親眼看著妳穿著套裝從那棟亮晶晶的氣派大樓走出來，這一切，好像真的就具體了起來，真的就從眼前具體了起來。』

「突然的、說什麼啊。」

『沒事，可能我喝多了吧。』

「要點杯熱咖啡嗎？」他點頭，於是我喊了服務生：「黑咖啡，兩份奶。」

『我想得肺癌死掉。』沒頭沒腦的、他說。

「什麼？」

『我是說如果可以選擇的話，我想要的是這個死法。』

「你是不是醉了？」

我問，然後輕拍著他的背，這讓我們的距離顯得有點親近，太親近，我們都發現到這點，可我們都沒有移開這距離。

咖啡上桌，立刻喝了一口之後，沒頭沒腦的、蘇沂又說：

『覺得很寂寞哪。』

「嗯？」

『很久沒收到妳的夜裡簡訊了，滿寂寞的。』

自從上次的無名咖啡館之後，就不再這麼做了。我回答，在心裡回答，而嘴上，說的卻是：「怕打擾到你啊。」

『哪會啊，總是很歡迎打擾的哪。』

「對誰都是這麼說的吧、你。」

『並沒有。』

「少來。」

『真的。妳好像不太相信我的樣子？』

「這麼明顯嗎？」

『糟糕。』苦笑著，蘇沂才又說：『害我一直悶著頭想那天是不是說錯了什麼？怎麼想破頭的就是想不出個所以然哪。』

「明明想太多的人是你吧？」

挪了身體，蘇沂讓我們之間的距離更近了，近得幾乎沒距離。

『甚至是今天在樓下等妳的時候，都還覺得妳會晃點我呢。』

「可能你潛意識裡希望我這麼晃點吧，兩個人還是比較對哪。」

『那我就會直接走下車讓霈霈一個人享受這貴死人的飯店，接著她可以盡情的吐在房間的各個角落我都沒有意見而且還很樂見。』

「你很壞。」

我咯咯的笑了起來，我發現他手臂此時環繞著我背後，我仰頭讓自己靠上他的手臂，他換了個姿勢把我摟進懷裡。

這是我們最接近愛情的一刻；這是兩年多以來，我再一次感受到別人的體溫；氣氛太美，美得讓我感覺到安心，安心的幸福感。

久違的幸福感，只屬於我的，不分享。

『那天我還花一千塊拜託老闆娘聽我說故事咧。』

「真的假的？」

『真的啊，不信妳可以去問她，騙妳的話我裸體逛大街。』

「白痴，我才不敢咧。」

『呵，我也不曉得那天是哪來的勇氣，可能是傷心過了頭吧。』

「傷心？」

『嗯，傷心，我告訴她一個關於傷心的故事，故事裡有我，還有一個我愛上的女人。』

愛情慣犯。我想起。

挪了身體，我拿起酒杯喝了口酒，也順勢讓自己離開蘇沂的體溫，我要自己別去想他愛上了誰。

他愛上誰？

『嘿，妳星期一才進公司嗎？』

伸了個懶腰，他問，問得突然，也問得不太自在。

「嗯。」

『我去上個廁所。』

捉起手機，我看見他筆直的走向男廁，他沒醉，他清醒，我心想。

『記得回簡訊給我。』

回到座位之後，蘇沂這麼說，然後笑，神祕的笑。

隔天我們都沒有吃飯店的早餐就直接退房，因為都睡得晚也起得晚；我們哪也沒想再去的就直接開車回家，因為霈霈看起來還在宿醉的樣子。

『我以為你會直接回台北。』

經過台北時，躺在後座的霈霈問，而這是她離開飯店之後唯一說的一句話。

蘇沂沒回台北，他說還想再放自己幾天假。

『去年賺太多，我想我還值得再休幾天假，要不會害國稅局加班。』

握著方向盤、蘇沂開玩笑的說，而視線是望著後照鏡裡的霈霈，但霈霈沒搭腔，反常的沒和他抬槓。

回家。

下交流道，把霈霈送回家之後，我要蘇沂先送我回公司。

『不是吧？妳還要上班？今天還是週末耶。』

「我也不想害國稅局加班，」學著他，我說，「我只是想先拿個手機。」

接著我看見他怔住，這是我第一次看見蘇沂臉紅。

原來他也會臉紅。

沒勇氣親口說愛妳　就只好請簡訊幫個忙

沒數過愛上妳多久　但久到該給自己勇敢一次的機會

望著手機上、蘇沂昨天傳送的簡訊，我很難不察覺自己的嘴角出現過甜的微笑。

給自己勇敢一次的機會？

本來是很想要在這裡回個簡訊給蘇沂的，但我左思右想的卻不知道該回些什麼，只除了我愛你。

把手機放進包包，鎖上門，我下樓；望著電梯鏡子裡的自己，我看見愛情的模樣，我看見好久不見的自己。

『沒想到妳會來這一招，先拿手機。』

「誰叫你要先問我是不是星期一才進公司。」

『失算。』

「本來還想當著你的面看的。」

『妳狠。』

「D檔。」

『嗯？』

「D檔才是前進，你不會是一直想P檔在原地吧？」

然後，我們都笑了，方才嘴角的甜，此刻甜進心裡了。

回家。

倒車入庫，把車停妥熄火之後，沒有電影裡慣常出現的「要不要上來喝杯咖啡？」也沒有『可不可以上去借個廁所？』我們就是下車，然後牽手，然後……

霈霈會怎麼想呢？

當蘇沂從背後抱住我的那一刻，我發現自己突然想起這個問題；然而，當他吻住我的那一刻，我只想忘了所有的一切。

》之二《

蘇沂

甜到腦漿都融化了。

當我們下墜在沙發上時，我只感覺到這件事情：甜到腦漿都融化了。不，時間應該再往前挪才對，當我抱住她當我吻住她甚至是當她眼底閃過笑意說要先拿手機——不對不對，當我傳出簡訊當我十拿九穩當我——不對不對，當她輕靠在我懷裡當她輕拍著我的背當她——不對不對，當我獨自一個人泡了整夜溫泉滿腦子想啊想的會不會擁有她能不能擁有她想得我身體都痛了——算了算了，誰曉得?誰管得?

甜到腦漿都融化了。

我們以既墮落又美好的姿態迎接二〇〇五年，我們的二〇〇五年，甜到腦漿都融化了的二〇〇五年。

她豆漿色的肌膚有多滑有多暖我想說，她看來有多美她聞來有多香她聽來有多甜她吻來有多柔她抱來有多暖我想說，那兩天我們足不出戶我們擁有彼此我們貪婪分享我們一次一次我們墮落美好我想說，別離時刻我們多依依不捨我們約定週末再見我們還沒再見就已經開始思念我想說，那週末我是如何吹著口哨效率工作如何問心無愧週五上車如何在有限的時間裡佔有彼此最多的時間我想說，那個返鄉假期我是如何被無禮插隊還心情大好笑說沒有關係我想說，那個農曆年節我是如何在除夕團圓就思念著她就想立刻跑出門去見她抱她吻她擁有她我想說，大年初一逢甲夜市擠得要命我是如何乾脆摟她進懷裡無尾熊似的驕傲炫耀的走著聊著笑著甜著我想說，那個西洋情人節我是如何精心安排浪漫過火我想說，夏天我還清房貸接著立刻安排兩個人兩天假到香港住半島酒店難忘奢華我想說，我想說，想說想說想說都想說，可是我都沒有說，沒有對誰說，任何人都沒有說，因為畫面太甜，甜得私人甜得放任甜得細節也甜得瑣碎，我不想說來煩死任何人我吝於說來炫耀任何人我只想說：

甜到腦漿都融化了。

但那個七夕情人節我想說，八月十一日星期四我記得，一分一秒一言一語一顰一笑都記得，天曉得我甚至能夠精準的說出幾點幾分葉緋打電話來。

下午兩點過九分葉緋打電話來，而當時我正解決好午餐洗了手抽著菸打開電腦準備做稿子，那天既非星期五也非星期一，再加上上週末我們才飛去香港慶祝並且提前度過情人節了，於是這天我們並沒有準備節目要度過，於是當接到葉緋打電話來時我以為她只是在提早吃午餐的途中打個電話來說聲情人節快樂，但她不是，她劈頭就笑著問我：

『猜我現在人在哪？』

「剛連續開完會削了員工好一番接著心情大好準備吃頓他媽的午餐？」

『猜錯，早上確實開過兩個會不過沒削人，會削人的是我姐而她妹妹則是直接fire。』

「好樣的。」

『呵，我現在正開車上台北，車剛上交流道，重慶北沒錯吧？』

我楞住。

『想給你個surprise。』

「但，妳不是不上台北的嗎？」

『我本來也不主動打電話的啊，託了某人的福呢。』

而那個某人正在笑，笑在嘴邊也笑在心頭。

『還有，我本來也不開車的，不過沒辦法，我等不及高鐵完工了。』

甜到腦漿都融化了。

「太好了，但顯然現在換成是我給妳個 surprise 了。」

『嗯？』

「我房間裡有個女人，她現在的表情很猜忌，猜忌這通電話還有電話裡的妳。」她沉默，顯然這真的是個 surprise，趕在葉緋掛電話甚至是直接把車掉頭之前，我快快的說：「鬧妳的啦，是我媽剛好來看我，她比妳早到了兩個小時多一點。」

接著我聽到電話那頭鬆了口氣又笑又氣：

『你很無聊耶。』

甜到腦漿都融化了。

接著掛了電話我花去兩個小時不到的時間做稿且完稿，然後立刻發稿寄出，五位數的稿酬兩個小時不到就解決，後來那本書佔據排行榜第一名的位置十幾週那麼久，時間的長短從來就等值不了創作的好壞，不過那不關我的事，我的人生我的生活還有葉緋才是我的事。

甜到腦漿都融化了。

葉緋到達之後，我和母親走到巷口和葉緋碰面，介紹過彼此也打過招呼之後，我們驅車上陽明山，葉緋吃午餐而我們喝咖啡；這是母親第一次上陽明山，母親喜歡陽明山也喜歡葉緋，關於這點我並不意外，葉緋有著令人容易產生好感的外表：白皙、氣質、美麗，就像日本電影的導演在決定要拍個純愛片時會首先想到的女主角那樣的外表，這件事情我只跟霈霈說過卻從未親口告訴過葉緋，我雖然總想著要親口告訴她但不知怎的每次說到嘴邊就也主動簡化成為三個字：我愛妳。

日本純愛電影女主角似的葉緋，我愛的葉緋，母親也喜歡的葉緋，雖然不似霈霈那樣慣於且熟練和初次見面者就熱絡，不過我想那並不是問題，葉緋時而不經意的冷漠卻不是具有侵略性的那種，而是對於自己對於別人對於所處的環境不太適應的那種，反而令人更想要對她好的疼惜感，說我沙豬吧沒問題，我外表很新潮但骨子裡確實是很大男人的我承認。

甜到腦漿都融化了。

酗了過量的咖啡直到陽明山的黃昏時我們離開，在車上母親說她有點睏想要回住處補個眠。

『你們何不去看場電影呢?』

先送母親回去時她這麼提議著，而這是個好提議我們都同意，於是我們改搭捷運去看電影，看了哪部電影、電影演了什麼我完全性的沒記憶，我只記得葉緋好美好香好甜，只曉得有她摟著我的手臂走在台北街頭讓我覺得好驕傲，幸福的驕傲。

甜到腦漿都融化了。

回到家時我們才發現母親已經先回台中了，只留下擺在工作檯上的紙條以笨拙的筆跡寫著再見並且祝我們情人節快樂，在那個當下我是很罪惡感的，並不是這次沒有好好陪伴母親還讓她自己去搭捷運，卻是很高興母親的體貼。

甜到腦漿都融化了。

葉緋在台北待了三天直到星期日晚上才回去，短短三天我們遊遍台北就唯獨天母沒去，那裡有她的那一年我記得，沒問題，她有她的過去這沒問題，我也有我的過去，誰沒有過去?

過去。

『嘿!我姐姐在聖誕節那天舉行婚禮，你會想來嗎?』

「妳當伴娘嗎?」

『是啊。』

「那當然,我要親眼看到妳穿婚紗的樣子。」

『沒有白紗,』她笑著糾正我,『只是白色小禮服而已。』

「這倒是,白紗當然得留到我們的日子才對。」

『白痴。』起身,葉緋以食指觸摸著牆壁的塗鴉,很奇怪似的說:『這是塗鴉嗎?』

「看起來像塗鴉但其實是壁紙。」

她同意,並且把話題帶回之前:『傳說中的婚紗呢?』

「什麼婚紗?」

『霈霈說過那年你親手做了套婚紗要送給當時的前女友。』

「哦……那個哦。」

『結果呢?送了嗎?』

「沒有,因為壓根沒有這回事,我隨口說的,沒想到那個笨女人真就信了。」

我說謊,確實我是做了套婚紗沒錯,是那整年裡我唯一的作品,隔年還特地打包進行李一起帶過來台北,更正確的說法是:一起帶過來搬進米緋的公寓,如果沒意外的話，它現在應該還被掛在原來的地方，就掛在那個房間的小小衣櫃裡獨佔整空間。那是我送給米緋的禮物，那是我送給米緋的祝福，我希望她有天能為了心愛的男人穿上那套我親手做的婚紗親手做的祝福，我希望她能夠有個很好的歸宿很美的婚禮，打從心底這麼希望著，祈願著。

祈願。

『霈霈也會去哦。』

回過神來，我聽見葉緋這麼說著。

「去哪？」

『婚禮，我姐姐叮嚀我要邀請霈霈一起去當伴娘。』

「她們認識？」

『嗯，高中的時候霈霈常來我們家玩，我姐很喜歡她。』

「不難想像。」

『如果可以選擇的話，她搞不好希望她妹妹是霈霈而不是我吧。』

「亂講。」

『呵。』

霈霈也會去哦。我這才想起葉緋話裡沒說的什麼。

雖然沒有明確的討論過這件事情，不過我們卻默契的都沒有告訴霈霈我們交往著的事情，沒有具體的理由不能說，但我們就是都沒有說，不約而同的都不說；〇五年之後我們三個人沒再一起碰過面，有幾次葉緋得進公司的週六下午我會約霈霈在無名咖啡館碰面、以朋友的姿態碰面，更多的時候她們在不用加班的晚上會見面吃飯逛街聊天，接著霈霈沒意外的都會待在葉緋那裡過夜，霈霈喜歡那個地方，霈霈不知道偶爾她在衣櫃裡看見的私人衣物是我的；霈霈隱約感覺到我有個穩定交往的女孩，霈霈問過幾次但我總含混帶過，霈霈以為她是米緋，霈霈以為我和米緋終究是會交往的，我從來沒有想要導正過霈霈的這個誤會，相反的，我還很樂意她這麼誤會。

為什麼？

明知故問，我心想。或者應該說是：明知故犯。

如果時間可以倒帶的話，我真希望那天不會發生，不曾發生；可是時間倒帶不了，我知道。

『我們可不可以偶爾說些真心話？』

這是霈霈開口的第一句話，在那天，在無名咖啡館她故意缺席的那天晚上，我以為葉緋拒絕我的那次無名咖啡館。

我以為那會是個尋常的夜晚，我心想那——算了吧！蘇沂，你連對自己都辦不到坦白嗎？

自私的蘇沂，差勁。

實際情形是：當我走出無名咖啡館接到霈霈約唱歌的電話時，心裡就已經有了個底，心裡就知道這不會只是個尋常的夜晚，因為她聽來心情低落，她情緒混亂，她說她真的需要見我一面，單獨見面。

我是可以推託，就像那回她說想到台北借住一宿那樣，但是我沒有，我說好，因為我心情也不好，我愛葉緋但我配她不上，我很沮喪。

那天。

在包廂裡，我們誰也沒心情唱歌，就這麼讓螢幕自己選MV放著時，霈霈問。

『我有兩年的時間說愛你，而你也是，可是我們都沒有，為什麼？』

把杯裡泡沫還滿溢的啤酒一飲而盡，我難得的坦白：

「我們行不通的，霈霈。」

『你是會算命嗎？沒試就知道？』

「妳也看在眼底，我們當朋友就已經夠吃力，更何況是情人？」

她沉默，當我把啤酒倒滿的同時，霈霈告訴我一個名字：瑪法達。

『你知道瑪法達嗎？』我搖頭。『星座專家，很準，我信她。』

視線緊盯著擱在眼前又一直沒拿起的啤酒，霈霈像是傾訴的對象是酒而不是我那般，說：『每個星期四我出門做的第一件事情就是到7-11買壹週刊，為的是在第一時間看她怎麼說我這週的星座運勢。』

如果是好的運勢她開心，反之則沮喪，是這樣子一個程度的深信不疑；而昨天她開心，整體運勢如何她記不太清楚，因為她的視線只被星座運勢上的這六個字所佔滿：愛情開花結果。

『然後我想到你。』她又說，然後開始哭，『每次每次的都想到你，只要她說我這週的愛情運會很好時首先我就想到你，就想到我們在這週會不會終於在一起？終於，可是每次每次都沒有，都落空。無所謂，每次每次的我都告訴自己無所謂，可是昨天不行了，終於不行了，我真的受不了了，我——』

「霈霈——」

『我就告訴你這麼一次，就這麼一次。』視線上移，筆直的凝望著我，透過眼淚，霈霈堅定的說：『如果可以選擇的話，我一定不會選擇愛上你，可是愛情不能選擇，怎麼選擇？而你不愛我，對不對？』

我沒回答，我於是發現，原來不愛，比說愛還困難。

『你不愛我，這點讓我很難受，因為如果真有阿拉丁神燈，讓它給我許三個願望的話，三個我都許你愛我，可是你不愛我，再努力再美麗再討好你不愛我就是不愛我！』

「行不通的。」真的行不通的，「妳不信任我，而我也——對，我也不信任妳，兩個彼此無法信任的人怎麼愛？就算真愛了，最後也只是走上分手的路，或許還會是很不愉快的分手，而妳也知道這一點，不是嗎？」

『你不要我的愛情，卻要我的友情？你憑什麼這麼自私！』

我自私，而妳，不是早就知道了嗎？不是一直這麼提醒著的嗎？

『我不想知道你有沒有喜歡的人，不想知道你喜歡著誰？我只想知道你愛不愛我？有沒有可能愛我！』

轉頭，我望著螢幕上正播放著F.I.R的〈我們的愛〉，耳邊，霈霈繼續問著：

『你可不可以愛我一次？就一次？就一晚？然後，我就對你死心了，等天一亮，我們又變回是朋友，因為一時寂寞所以睡過覺的朋友，不是情人，不會分手。』

我沉默，我遲疑，我心動，因為，我寂寞，真的很寂寞。

當F.I.R唱完這首歌，傾身，我抱住霈霈，在天亮之前，我們相愛。

在那個脫序的夜裡，我曾想過我真想過就和霈霈交往吧！沒道理不交往，沒道理，我們身體合得來，我們性格都相似，我們反正終究會分手，那麼何不讓一夜延長為一段？

何不？

然而礁溪跨年那天，當我看見她倆同時在我眼前、站在同個畫面裡，我於是具體看見，一個我愛一個愛我，我於是明白，愛情從來就沒有道理可言。

愛情什麼時候有過道理了？

愛情從來就不能選擇，就像霈霈說的那樣，不是嗎？我們從來就只能讓那個拉著弓箭的裸體小男孩盲目地決定誰愛誰，不是嗎？

而今，此時此刻，當葉緋邀請我參加她姐姐的婚禮，當她告訴我霈霈也會去時，當我明白我們三個人終於還是會見面——不是三個朋友，卻是……

腦子裡，我想起那一天，而我，是很想告訴她的，坦白的告訴她，這個困著我的內疚，在這麼對的時間點上、告訴她；只是，張開了嘴巴，我說的卻是：

「F.I.R又出新專輯了。」

『嗯？』

「沒什麼，只是突然想到而已。」

還是說不出口。

我想可能是因為我真的很怕失去她吧，很怕。

第八章

不。愛

不愛，也是一種愛
所以，我才會感慨
我們，只能不愛以愛

》之一《

葉緋

多麼美好的一天，姐姐結婚的這天。

他們在教堂舉行婚禮，因為姐夫是教徒，來觀禮的人不多，就雙方的家人，以及父親抱在懷裡的、我那未滿周歲的小姪兒，白胖胖笑咪咪的、好可愛的小娃兒。

而蘇沂沒來。

我心想他可能昨晚趕稿睡過頭了，此時還在車上，我很想看看手機確認有沒有他的來電，可是我的手拿包在霈霈那裡，她很喜歡我的這個手拿包，她堅持要幫我拿著一天過過癮，我沒反對，我甚至願意直接送給她都沒關係，我只想著蘇沂怎麼沒來。

婚禮結束之後我們移駕回家稍事休息，總是空盪盪的大房子此時讓雙方的家人給塞得滿滿的，在熱鬧的喧嘩聲中，母親又叮嚀了幾次要姐姐別笑得那麼開懷，父親又交代了幾次要姐夫好好照顧姐姐，我又抱了幾次那白胖胖笑咪咪的姪兒，我問他喜不喜歡爸媽的婚禮？而他只是揮舞著哆啦A夢似的小拳頭咿咿啞啞著，我還問他蘇沂怎麼沒來等下會不會來？他依舊笑咪咪的還溼了尿布；我把他還給母親，讓母親心滿意足的為她的小金孫換尿布；母親喜歡小孩，母親愛當母親也開心晉升外婆，她不討厭尿布她只是討厭生產，她只是差點殺了我還告訴我。

我的存在焦慮。我心想，我這次沒想起陳讓我想著蘇沂。

蘇沂沒來。

『妳有個朋友要來？』

當兩家人準備驅車前往飯店舉行喜宴時，父親問我。

「我邀請他參加喜宴。」

『那可能我記錯了，觀禮的時候我一直心不在焉，第一次和妳姐夫見面時也是，我比他還緊張。』父親說。

我感覺父親沒揭穿我的謊言沒點出我眼底的失望，我當初確實是告訴父親有個朋友會來觀禮，而他同意，同意之後他只問：

『是個我會放心的傢伙嗎？』

而此時此刻，父親又問了一次。

「我們都這麼希望。」

我於是再重複一次這回答。

前晚我打電話給蘇沂，和他再確認一次時間再叮嚀一次他耳環記得取下，並且在心底慶幸他的舌環在我們交往最初就拿掉；父親是個議員還三代都是地方士紳，但他不古板，而且他自己也愛打扮得很，想必這點為他贏得不少選票。在電話末了我開玩笑似的重複一次為的是讓蘇沂安心。

「不過你總不希望你們的第一次見面第一個話題就是這樣子耳骨痛不痛吧？」

然後蘇沂笑。

他沒說不來。

喜宴上我向霈霈拿了手機確認，手機裡有幾通蘇沂的未接來電，時間是觀禮之前，他沒留下簡訊，蘇沂不發簡訊，只除了我們最初那次之外。

有個語音留言。

趁著空檔我離席去新娘房聽留言，留言裡蘇沂簡短的道歉他臨時有事來不了，什麼事他沒有說。

是工作的事嗎？臨時有會要開有稿要改有人要見？

我有滿肚子的疑問但我沒立刻打電話問他，我是可以回電話問他的，只是不曉得為什麼我並不想要這麼做、在這新娘房裡，此時此刻外面席開百桌賓客千人，而我是新娘的妹妹、今天的最佳女配角，而他們期待著我如花似的倚在姐姐身後笑著美著，他們期待下一位丟捧花的人是我而不是躲在新娘房裡質問男友的臨時缺席。

他的心是柔軟的，只不過他的慾望是貪婪的。

在走出新娘房時我突然想起霈霈曾經形容過蘇沂的這句話。

就在我新居party的那晚，霈霈沒頭沒腦的有感而發。他們那天本來是要一起回去的，不知道為什麼我突然發神經的想起這點，我還發神經的想到自從我們交往之後、三個人就沒再一起見過面；我隱約感覺出來這中間應該有個什麼我不會想要知道的原因，可是我沒問，而蘇沂也沒說；他曾經是想要說的，那天我邀請他來喜宴還特別說了霈霈也會出席時，我看得出來有個什麼他想說，可他沒說。

也沒來。

喜宴結束之後我既沒和他們的那群朋友上樓鬧洞房，也沒興趣續攤長輩們的聚會，就這麼直接走出飯店攔了計程車打算回到一個人的公寓，我覺得好累。

『嘿！一起走好嗎？』

在鑽進計程車的那一刻、霈霈從身後喊住我，於是我再往裡頭挪了個空位給她。

「我以為妳會上去鬧洞房。」

『神經，我和那群人又不熟。』

「我還以為妳和我姐很熟呢。」

『是啊，而且我們半夜會互相打電話聊心事週末還相約做指甲。』翻了翻白眼，『天曉得為什麼妳姐姐找我當伴娘，嘿！她是真的找我當伴娘？還是妳騙我的、好拉我一起來？』

「她真的找妳當伴娘。」並且，「她真的認為妳們很熟，可以半夜打電話週末做指甲有空還一起學插花練瑜珈。」

然後霈霈很配合的笑了起來：

『搞不懂為什麼每個人都覺得我和她是好姐妹，就連蘇沂的前女友也不例外，而我甚至還有點討厭她。』

霈霈話裡的蘇沂這兩個字讓我表情黯了下來，不過幸好車裡昏暗，於是霈霈沒有發現這點而自顧著說：

『先去妳家可以嗎？這禮服是租的得還吧？就一起脫下來順便還吧。』

「是買的不用還啦，就當作是感謝妳抽出整天時間當伴娘的謝禮吧。」

『嘖嘖，妳們整家人都好大方。不過我倒是要這身禮服幹嘛？穿著去上班讓同事以為我想結婚想到瘋了？還是閒來無事在房間裡面穿來玩自拍？』

或許是他們以為妳可以再次穿上它當我的伴娘吧。我心想。不過蘇沂沒來也沒再打電話來，雖然他們都沒提起，但我想這不會是個好的第一印象。

我們會走上紅毯的那一端嗎？我們會有未來嗎？這是第一次，我思考這個問題。

下車，回家，卸妝，更衣。接著霈霈立刻開了從婚宴帶過來的紅酒，斟了兩杯並且把她的份一飲而盡之後，才想到什麼似的，又斟滿一杯，說：

『敬葉緋，今天最美麗的女配角！』

「神經。聖誕快樂還比較對味。」

『對了，妳捧花沒帶回來？』

「送客時亂成一團的就忘了。」

『我也忘了幫妳拿。』

聳聳肩膀，我把手拿包裡的手機、鑰匙和口紅拿出來之後，說：

「送妳吧，這樣妳就不用只拿著它炫耀一天了。」

搖搖頭，霈霈再次把杯裡的紅酒一飲而盡：

『謝啦，但我不要。』

「不用客氣吧？反正我往後也只是把它擺在衣物間裡而已。」

『不要了、真的，我不想要一直被妳送東西了。』霈霈說，然後望著我的手機，若有所思的好一會兒之後，才又說：『倒是我幫妳接了一通電話，早上，因為手機一直響啊響的我以為是妳打來告訴我什麼東西忘了帶。』

「哦。」

『原來妳有約蘇沂哦？』

「嗯。」

嗯。我回答，接著並沒有想要再往下說去的打算。我沒忘記她喜歡過蘇沂、而蘇沂也是，我不確定她現在還喜不喜歡蘇沂，我不去想她這次為什麼好久沒再開始新的感情。

就這麼雙方面都沉默了好一會之後，這不自在的沉默由霈霈那邊打破，她又重複了一次：『敬最佳女主角！』不等我反應過來，她就自顧著喝乾，然後黯了表情，說：『妳不用乾杯沒關係，這次是敬我自己的。』

「嘿！妳還好吧？喝太快了吧？」

『沒事。』沒事，霈霈說，但她的表情卻一點說服力也沒有，『相信嗎？這是我生平第一次參加婚禮。』

我搖頭。

『我知道，每個人都以為我很開朗啦很熱情啦很多朋友啦和誰都很熟啦什麼什麼啦，但妳知道嗎？常常我真想一個個的搖著他們肩膀請他們清醒點請他們不要他媽的問也沒問自以為是我該是他們想像的樣子！』

這是我第一次參加婚禮。霈霈又重複了一次。這之前她收到過很多的喜帖，難以想像她的生活圈裡有那麼多人急巴巴的把自己處理掉還寄帖子過來，交情不夠的霈霈通常看也不看就直接丟入廢紙回收簍、也不怕傷感情；交情夠的她則把紅包附在卡片裡寫句恭喜請務必要幸福、就這麼寄過去；交情好的——少數中的少數——她則親自打通電話道聲祝福然後編個缺席的藉口最後寄去紅包；而顯然我們交情不但是好而且是最好，因為當時霈霈想也沒想的就一口答應。

『並不是被禮服迷惑哦，相信我。』

她玩笑似的說，然後我們笑了起來。

『我討厭那種場合、婚禮，很不自在，沒有冒犯的意思但我真覺得婚禮裡的每個人都幸福得好假好責任，活像個不專業的臨時演員那樣。嘿！妳結婚也會來這套嗎？』

「我沒想過。」

我說，只這麼說，然後再一次的錯過告訴霈霈、我和蘇沂交往著的事情。

為什麼我說不出口？為什麼要我來說？他為什麼今天沒來？

為什麼？

『妳知道婚禮和愛情的最大差別嗎？』

回過神來，霈霈這麼問著，而我沒有回答，我讓她繼續往下說去。

『差別在於婚禮上誰是主角誰是配角清清楚楚各司其職，而愛情不是，有時候妳以為自己是女主角，真以為自己是女主角，可是突然的，一通電話一個簡訊一個眼神甚至是一份不再的邀請，然後刷——妳才恍然大悟：原來妳不是女主角而只是個女配角。』

「你們在電話裡說了什麼?」

我沒說哪個你們，可是霈霈卻立刻就明白：

『沒什麼，只說妳的手機在我這裡，而他好像有點意外的樣子楞了一下，接著他說那麼晚點再打給妳好了，我說大概幾點之後會是妳自己接的，他說謝謝，然後我們就掛了電話，就這樣。』就這樣。『所以呢?妳也和蘇沂睡了?』

也。我注意到她話裡的這個字，我的耳朵因此痛了起來，而心則是冷到連痛也無力。

「我以為我們是交往。」

『我知道他有個女人，但我沒想到會是妳。』把頭轉開，霈霈望著露台外的夜景，低聲說道：『我在妳衣櫃裡看見那些男生內褲時就懷疑了，不過我沒問，沒問妳也沒問他，很想問但不知道為什麼就是一直沒有問，可能我真的很不想知道吧。』

她比我想像中的還要愛蘇沂。我心想。

「你們也交往?」

霈霈沒有回答我，霈霈自顧著回憶：

『記不記得我第一次在這裡過夜的那晚?我提起那個男生?妳的初戀男友我——』

「徐永霖。」打斷霈霈，我回答：「他的名字是徐永霖。」

苦笑著：『我當時以為我只是突然想到的有感而發，結果沒想到原來是個預感。我們在那之後睡過的，你們呢？』

「跨年後，礁溪那次。」

『不，我們沒有交往，剛才妳問我的。』轉過頭來，霈霈直視著我，說：『我們只是睡過，而我只是個女配角，直到今天才知道，原來我只是個女配角。不，我們沒有交往過，但那就是蘇沂，我認識的蘇沂，可能不是全部的蘇沂，甚至不是妳眼中的蘇沂，但那確實是蘇沂的某一面沒錯。不，我們沒有交往過，我只是個女配角，以為我終能成為女主角的白痴霈霈！』

「腦子鬆掉了。」

『嗯？』

搖搖頭，我解釋：「自言自語。」

『對不起。』

我還是搖頭。

『我們還是朋友嗎？』

「咖啡機……」

『嗯？』

「樣品屋的咖啡機，說好要送妳。」

『葉緋……』

「我不知道為什麼我突然要說這個，我——」

『幫我送給蘇沂吧。』

「別告訴蘇沂。」

『嗯？』

「今天的事，你們的事，我們的事。」

『……』

「讓我告訴他。」親口告訴他。「我們還是朋友，當然。」當然，「只是，妳可不可以先讓我一個人我一個我……」我腦子鬆掉了。

腦子鬆掉了。

那天晚上霈霈並沒有留下來過夜，相反的，她把留在我這裡的換洗衣物一併帶走，我知道我們還是朋友，而她也知道，可能過一陣子我們繼續打電話傳簡訊我們約了見面我們真也見面，我們喝咖啡我們閒聊天我們或許不再提起這件事情或許提起這件事情還開點什麼的玩笑，但不是現在，不會是現在。

今晚她把換洗衣物帶走，我想那大概是表示她往後不會再睡在那張床、那張我和蘇沂總睡著的床。

她比我想像中的還要愛蘇沂。

還。

今年冬天想去看雪。

霈霈離開的時候，不知怎的我想起這件事情，想起在電話裡和蘇沂說過的這件事情，想起我們當時是那麼興致勃勃的立刻開了電腦查了行程，我甚至還能清楚的記得當時是在蘇沂的電腦前當時他拉著我坐在他腿上他懷裡他——

他應該告訴我的。我心想，不應該，不應該是由霈霈告訴我的，不應該。

打開手機，我傳了簡訊給蘇沂，東京的行程我取消，損失的旅費我會匯款給他。

『如果地球只剩一座城市可以存活的話，那我會希望是東京。』

當簡訊傳送成功的時候，我想起蘇沂曾經說過的這句話；我不知道他為什麼那麼愛東京，我不知道幹什麼我想起這句話，我甚至開始不確定他為什麼要愛我？是不是真愛我只愛我？我只知道很多事情是沒有原因的，說不出原因的，在愛情裡尤其。

尤其。

接著我放下電話，走進浴室扭開熱水注滿浴缸，然後，我讓自己浸在熱水裡，我聽見客廳上的手機一直響，但我沒接，都沒接。

不確定是過了多久的時間我起身，在踏出浴缸的那一刻，我做了個決定。

隔天我去見父親，還陪他打了場高爾夫球，父親顯得很意外的樣子、關於我主動提議陪他去打高爾夫球的這件事情，很意外卻也心裡有譜，在球場上，我會告訴他什麼事情。

我告訴父親我做的決定，他有點不放心，但他同意，也沒過問；這是我最感激父親的一點，父親總是知道什麼該問什麼不問，父親知道該怎麼把我找回來，以及，什麼時候該放手。

放手。

父親不只是個好政客好商人，他還是個好父親；在球場上，我以擁抱告訴父親這件事情。

接著〇五年的最後一天，我搭火車上台北，為的是見蘇沂，過跨年，走句點。

≫之二≪ 蘇沂

句點。

當手機傳來葉緋的簡訊時，我就有了這樣的預感，清楚明白的預感：句點了。

那天我打了整晚的電話給她，可能我是想要解釋，可能我是想要挽留，可能我只是單純的想要聽聽她的聲音，可能……不曉得，誰曉得；我只曉得她沒接她不接，不想接，她人可能就站在手機旁邊凝視著它絕望的無助的響起，但她不接她沒接不想接，她冷眼旁觀，無論是絕望的手機，又或者是即將句點的愛情。

我們的愛情。

當腕上的時針沒事般的走過十二點時，我嘆了口氣，告訴自己好了夠了可以了，放下手機我打開電腦訂了張飛往東京的機票，接著隔天，我獨自飛往東京，去看雪，獨自繼續原本應該是兩個人的旅程。

『雪是上帝對戀人們的祝福。』

當飛機起飛時我想起葉緋曾經說過的這句話，我想起她的笑、她笑裡的溫柔，彷彿是專屬於我只為我而存在似的、那溫柔，我好愛她的笑她笑裡的溫柔，我知道我說過了說過很多次了，可是有些事情是說再多次也不足夠的，而有些事情是錯過了就不再有的，例如她的笑，例如……

當飛機降落時我把臉上的眼淚抹乾，然後對好心問我怎麼了還好嗎的空姐說聲謝謝換得她的一句旅途愉快之後，我下飛機，去看雪，或者應該說是、上帝收回的祝福。

還有，過完我最後的二〇〇五年。

而我只是在想，如果真的是不得不的句點，那麼我寧願以逃避的姿態拖延，我不要我們在〇五年就分手，我們相愛於〇五年，我希望我們起碼能愛過這一年即使是拖延，打從心底我是這麼自私又幼稚的希望著。

絕望著。

〇五年的最後一天我回來，放下行李的第一件事情就是查看閒置幾天的手機，手機已經沒電，消耗電量的不是葉緋卻是我的客戶們，發現這點時我真的很想笑，縱聲大笑。

「嘿！我的愛情就要死掉了！而你們依舊只在乎我的作品完稿了沒？如果哪天我快要死了，你們的反應是不是：哦，那真可惜，不過可不可以在死之前把稿子寄過來，越快越好！」

對著手機我笑著氣著吼了這堆，那個畫面真的很神經，而最神經的是，好幾度我甚至真有股衝動想一個個的打電話去親口說這堆神經，不過還好我沒有，還好霈霈的簡訊攔住了我的注意。

對不起。

簡訊上只簡簡單單的這三個字。

對不起什麼？為什麼對不起？又誰才該對不起？我們只是睡過覺的朋友不是嗎？我只是真的害怕失去於是隱瞞不是嗎？這一切都是我的錯不是嗎？從頭到尾自始至終都是我的錯不是嗎！

懷抱著這惡劣的心情我側頭睡去，再醒來是被手機吵醒，轉頭我先看了窗外：黃昏，低頭我看了來電顯示：葉緋。

那是第一次我發現自己居然不想接她的電話，我害怕她即將說出的句點，以甜美卻殘忍的聲音說句點。

那麼甜美的聲音怎適合殘忍？

我還是接起，在七響之後，還是想聽她的聲音，還是。

在那通電話裡葉緋沒說句點，只說了她快下火車，她問我要不要一起去看一〇一的跨年煙火？

「好啊。」

我說，笑著說，鬆了口氣的說。

在那個當下我真以為這是夢，不過是場自尋煩惱庸人自擾的夢，葉緋取消旅行是因為她臨時有事忙或者她氣我臨時缺席但如今她氣已消，沒事，我們沒事，沒有句點，我們依舊能愛過〇六年，愛向下一個十年，陳奕迅唱的〈婚禮的祝福〉會只單純的是首歌，而不是我的夢魘，不是。

「我想搬回台中。」

在煙火結束、倒數過後，二〇〇六年的第一刻，我說。

這句話我以前就說過了，什麼時候哪個場合忘記了，但記得當時葉緋的反應是甜又柔的笑著說：你等不及高鐵完工啦？

而此時的此刻，葉緋的臉上沒有笑，她反而沉默，令人不安的沉默，令人明白的沉默；簡直像是過了整世紀那麼久之後，才說：

『不如就直接搬去我的公寓吧，反正那裡我也用不到了。』

「什麼意思？」

『我要去留學，決定好了，一早的飛機，那公寓不住了。』

「那算什麼？分手費？」

『如果你這麼想會比較愉快的話也沒關係，但我只是單純的不想再踏進那裡了，那張床那沙發那浴缸那裡的一切都變得令人窒息了。』

因為你。她沒說，但卻再清楚明白不過了。

她沒說的還有霈霈，我們都心知肚明的那晚。

「那是我們交往之前的事、葉緋！那時候我根本——」

『那又怎樣呢？』打斷我，她筆直的望著我，『或許在你眼中我也不過是睡過覺的朋友，常睡覺的朋友，不是嗎？』

怎麼是！

「我只有妳，只愛妳。」

搖頭，她說，堅定的說：『我混亂了、蘇沂，混亂了。我本來是相信你的，相信我們的，可是從那天之後就不行了，我腦子鬆掉了，我每分每秒都想著你在哪裡和誰在一起？你睡過誰你又睡了誰？你為什麼喜歡東京你為什麼喜歡我？我想起你前女友我想起你前房東我又想起霈霈我甚至想著還有哪些我不知道的女人！而你知道問題出在哪嗎？你的女生朋友太多了，你和太多人的名字牽連在一起了，太多了！

『我們愛得太快了、蘇沂，太快了。快得沒辦法停下腳步思考我們適不適合我們為什麼相愛我們有沒有未來，五天，這五天我滿腦子想啊想的就這些，你和我、你和她們，接著我承認我受不了我承認我快瘋掉，我受不了每天每天提心吊膽疑神疑鬼我受不了原來我也有猜忌善妒的那一面、如果不是因為你！

『或許這是個對的時間點，讓我們剛好能停下腳步想清楚，暫時分開來想清楚。』

「然後呢？」

她沉默。

「妳要去哪裡？」

『東京。』

「妳要去哪裡！」

嘆了口氣，她坦白：『美國，有個表姐住那裡，所以我爸才放心才同意，但我不想告訴你是哪個城市甚至是東岸還西岸。我怕你來找我，我更怕你沒來找我，我不要每個街角每個路口都以為會遇見你都希望會遇見你，而這正是我想要離開的原因，不是嗎？』

為什麼是？

「去多久？」

『不曉得。』

「我等妳。」

又沉默。

『咖啡機……』突然的、她說，『樣品屋的咖啡機我搬回公寓了，送給你的、是霈霈說的，我不知道她幹什麼突然說這個，我心想這是不是你們的某個暗號哪個回憶我──』

她哭了起來，泣不成聲，在葉緋的眼淚裡，我終於明白，以前，當女孩為我哭泣時，我會覺得那是因為她愛我，而現在，當我愛著一個女生時，我絕對不會捨得讓她哭。

多希望這是我最後一次看她哭，我希望我們會有再見面的一天，我不覺得我們分手了，我們只是暫時分開而已。

只是這樣而已。

能不能只是這樣而已？

葉緋不讓我送機但我堅持，她沒騙我，她去的是美國，她買的是單程票。

『你有我的鑰匙。』

在機場大廳裡，這是她開口的第一句話。

「我等妳。」

『我不知道什麼時候回來。』

「那我還是等妳。」

『蘇沂——』

「嘿！這樣吧？哪天妳回來時發現信箱裡有份我寄的包裹，包裹裡是我還回去的備份鑰匙，那麼就代表我等夠了我等累了我要去愛別人了我變成妳覺得應該是的那個蘇沂了，好嗎？」
機場的廣播響了，而當下我真覺得她會把手中的機票撕掉，以她一貫的溫柔說聲去他媽的我不走了，可是她沒有，她起身，她轉身，她要離開，還是要離開。
「所以，別忘了回來看我？」
她沒回答，她只說了再見，然後走出我的視線，沒回過頭來再看我一眼；站在原地呆望著她的背影完全消失無蹤之後，我才走，走回我的二〇〇六年，只剩下我自己的二〇〇六年。
我們沒有分手。
不在乎天長地久，只在乎曾經擁有。多風涼的一句話？
我沒搬進葉緋居，我受不了在那裡我們曾經那麼甜蜜而今只剩下我獨自回憶，我反而走進樣品屋問他們這裡可不可以賣給我？因為我的開始在這裡。他們的反應讓我覺得自己好像是個瘋子，我感覺他們不但不想賣給我而且他們還希望我馬上就離開，沒想到〇六年的第一天我會是這樣子開始的。
離開時我望了咖啡機一眼，是個陌生的咖啡機沒錯，霈霈為什麼特地要求咖啡機送我？我從來就只喝 UCC 不是嗎？為什麼？

我沒再見過霈霈，整個二〇〇六年。

整個〇六年我工作，並且開始挑稿子接，我已經沒有經濟壓力我甚至賺了不少的錢我於是允許自己只接喜歡的工作，雖然我不知道剩下的時間我能幹嘛我要幹嘛我想幹嘛我只知道我們沒有分手。

我們沒有分手。

七月時我照例去了趟東京，去七天去朝聖流行，走我走過的地方走我沒走過的地方，整個七天我沒開口說過話；回來時我收到米緋的留言，我立刻回了電話，當晚我們約好見面，地點就在我們第一次共度晚餐的飯店。

『好久不見，幾年啦？』

「久到忘記幾年了。」

她笑了，然後照樣造句：『久到我被整個出版界羨慕。』

「郭台銘買下你們出版社還指定妳是老大？」

她又笑了起來，但我想應該不是這些對話，而是有其他更令她開心的事；我發現今晚的米緋比我記憶中的亮麗許多，我猜想這是她今晚約我見面的真正原因，但我忍著沒問，我等著讓她自己說。

『你不會拒絕我發的封面稿，如果他們曉得你還是只拿最初的價碼八成會嘔死吧！好幾次我真的差點忍不住炫耀。』

「可以炫耀沒關係啊，就讓他們嘔死吧，誰叫妳是我最初的貴人。」

『或許這幾天就這麼做。』重點來了，『我要離職了，就做到這個月底。』

「結婚？」

『猜到的還是聽說的？』

「猜到之後聽妳說的。」

然後她笑，在笑裡米緋提起她的未婚夫：今年春酒時飯店門口的邂逅，搶搭計程車是原因，後來他們決定share車程因為反正方向相同，在第一次的車程裡他們就發現彼此吸引而這正是他們決定share車程的原因；這份好感持續到米緋下車時男方決定不可以就這麼錯過，於是他做了早就該做也早就想做的事情——他向米緋要了電話，然後……

『會不會很電影？』

「他媽的電影透了！其實只是妳編來騙我的故事吧？」

又是笑，笑得太甜，太幸福。

男方是個批發商，大米餅兩歲，三十八歲還沒結婚也沒結過婚，年輕時應該是個到處吃癟的宅男工作狂，年紀夠時這反而成了他的優點；難以置信還有這種好男人、米餅笑著說。

『而且讓我遇上還沒錯過。』

「是他運氣好，今年過年他肯定一早就上龍山寺拜拜。」

『你喲……』

結婚後米餅會搬回台南，在台北獨居工作十年超過，她發現自己再也受不了這城市這辦公室甚至自己是主管的這件事，於是當男方提出這個要求時、她一點猶豫也沒有的就答應，她打算專心待產——雖然已經是高齡產婦的年紀，但他們還是想要努力嘗試擁有自己的小孩。

『巷口的黃妹你記得嗎?那隻流浪狗。』

我記得。

『牠也會跟我回去，因為房子夠大，而且還有個前院讓牠自由走動。』

「應該的，誰叫妳把牠結紮。」

『你喲……』把過於炫耀的幸福整理好，『喜宴在南部，跨年那一天，你能來嗎？』不等我回答，米緋很過意不去似的又說：『不用勉強沒關係，太遠了我知道，而且那天你應該會想和女朋友出去玩吧。我只是想當面告訴你這件事情而已。』

「我會去，我想去。」而她人在美國，我們還沒有分手，「會穿上我送妳的婚紗嗎？」

『早就穿不下啦。』臉頰抹過甜甜的紅暈，『以前還可以的，好吧我承認沒事就會穿來自我滿足一下，反正也只有貓看到。』嘆了口氣，嬌羞的那種：『但現在被他養太胖啦，他喜歡下廚，剛好我不愛下廚，呵。』

「總之，恭喜了。」

『你那天會帶女朋友來嗎？』我楞了一下，『一直就很想看看她。』

「可能沒辦法吧，她人在美國唸書，今年的事。」

『這樣啊。』

「等妳的滿月酒再帶去見習。」

『呵。』

「要快哦。」

『你喲……』

〇六年最後一天我搭飛機南下參加米翻的喜宴，接著在陌生的旅館陪自己倒數和自己跨年，那天晚上霈霈打了幾通電話給我但我沒接，一邊喝著啤酒一邊我望著手機孤獨的響，這是我們第一次不再共度的跨年，我們，我和葉緋。

我覺得好寂寞。

〇七年第一天我搭高鐵回台中，這是高鐵通車的第一天，而葉緋不曉得知不知道這件事。

「嘿！我們終於等到高鐵了。」

在高鐵車上我打她的手機留下這留言，我不知道她會不會聽到，我希望她能夠聽到，我從來沒有忘記過的，我們一分一秒一言一語一顰一笑，我們沒有分手。

沒有分手。

隔天我給自己買了間房子在台中，有點衝動我知道，但不知道為什麼我就是想要這麼衝動。

蘇沂居就在葉緋居的不遠處，樓中樓的公寓，樓中樓是我之所以買下它的最大原因，我想紀念我們發現彼此相愛接著勇敢相愛的那個樓中樓夜晚；那時候我們還沒相愛，那時候我們正準備彼此相愛，那時候……

放假不難，難的是收心；在蘇沂居的第一晚我想起葉緋曾經說過的這句話，愛人不難，難的是不愛；接著我想起我接腔的這句話，老天爺！都已經過了兩年為什麼一切還記憶如新？她已經離開了整一年為什麼我對她的思念不減卻反增？他媽的明明我們還相愛為什麼卻只能夠分開？

我是個不值得留戀的人了？

葉緋回來過，夏天時我去了一趟葉緋居發現這一點，我發現她回來過又離開的痕跡，可是她沒有找我，還是不想見我，她可能只是想看看我把鑰匙還給她了沒嗎？鑰匙我還留著，我還在等她。

我們沒分手。

沒分手。

最終章

最。後

結果，到了最後
我思念妳的濃度
還是和最初相同

二〇〇七末

》之一《

葉緋

我在〇七年的最後一天回台灣，為的是參加霈霈的婚禮，以及，見他們。

如果不是這兩件事前後到來的話，那麼，我會選擇回台灣嗎？我不知道。

我沒讓任何人接機，因為我有個地方得先去，攔了計程車我說了天母的地址，當窗外開始掠過街景時，我想起在美國的這兩年：多了個碩士學位，遊遍美國所有聽過以及沒聽過的地名，想到這點時，我覺得有點諷刺的是，在台灣我甚至只去過台中和台北，不，還有礁溪、當然還有礁溪。我是個不合格的台灣人，我苦笑。

低頭，我翻著包包拿出手機，和樂樂確認過大概抵達的時間之後，接著我再翻遍包包，為的是確認那三顆安眠藥確實沒有帶回來；兩年前離開時我不知道自己幹什麼特地把它們帶去，而兩年之後我終於將它們丟棄。

下車，首先我看到的是鐵門拉下一半的爵士樂店，我先是一楞，可能是提早打烊可能是已經休業我不曉得；彎腰我走進去，我看見店裡只點了盞燈，燈的旁邊是好久不見的樂樂，和陳讓。

陳讓。

『嘿！好久不見！』樂樂說，他們是同時發現我的，但開口的卻只有樂樂，『剛好趕上一〇一的跨年煙火。要喝點什麼？』

「咖啡。」

花了點時間適應屋裡的昏暗之後，我這才發現陳讓身上的白色T恤，T恤上只印著斗大的六個字：我失去了聲音。

「這？」

『我一直叫他別這麼搞怪，但他就是不聽。』

樂樂玩笑似的生氣著說，而陳讓則是無所謂的聳聳肩膀，他還是我記憶裡的模樣，只除了原本高壯的身形如今消瘦了許多。

在樂樂的堅持下我們先看完電視live的一〇一跨年煙火秀，結束之後才迫不及待似的開始敘舊；很好啊去了美國，兩年整，結婚？但願有人想娶我，是不想嫁吧？沒差別，反正結果都一樣，別只聊我了，你們呢？

於是我才知道，每年的跨年夜他們提早打烊，就如同方才那樣手邊擱杯各自的酒、看著電視live的一〇一跨年煙火秀，可以去現場，當然是可以去現場，可是早就過了那種年紀了，和小朋友一起擠跨年感傷哪。

『又多了個小朋友囉，一歲半。』

樂樂又說。

從頭到尾都只有樂樂說，因為陳讓失去了他的聲音，那不是買來好玩的T恤，那是發生在他身上的事情。

『今年初的事，走遍醫院做遍檢查但就是沒個原因。』

『No reason.』

陳讓開口，艱難的發出這兩個字，彷彿用盡全身力氣似的、才能說出的這句話。

那已經不是聲音了，而只是接近聲音的……的什麼。

『只能接受這個事實之後，我想過學手語。』樂樂說，替陳讓說，『但我倒是學手語幹嘛？身邊沒個人懂手語，學來自言自語嗎？哈。』

語畢，陳讓捏了捏樂樂的手，他們倆一起笑了起來。

嘿！傻女孩，可以給我一個擁抱嗎？久別重逢的擁抱。

把桌上的notebook轉向我，我看見word上陳讓敲出的這行字。

我覺得眼睛有點溼。

『給這老頭一點面子吧？』

樂樂說，於是我不再遲疑而走向前，擁抱，久別重逢的擁抱。

很高興妳來，真的，我們一直很掛念妳。

陳讓繼續在鍵盤上敲著：

我有時候還小心眼的想：妳是不是發達了所以把我們給忘了。

我搖頭，激動得說不出話來。

妳還唱歌嗎？我記得妳的聲音好美。

想說些什麼時，樂樂打岔，說：『你們先慢慢聊，我回家一趟看看兩個小傢伙有沒有把房子掀了。』

「我跟——」

『你們一定有很多的話想說，嗯？』

「樂樂——」

『期待吧！妳晚上得跟那兩個小傢伙睡，呵。』拍拍我的肩膀，樂樂意有所指的說，然後離開，大方的離開。

她知道。

「什麼時候？」

妳離開之後。

我想也是。

不要再自責了好嗎？

這些年來，我們一直想見妳想親口告訴妳的，就是這個。

可是妳一直避著不見，非得我沒辦法親口說了才肯來。

然後我就笑了，總是把我惹得又哭又笑，這陳讓。

那時候我們都很混亂，生命一下子塞給我們太多了，一下子我不但是個丈夫而且還是個父親了，我很愛她們，我當然是愛她們的沒問題，可是我害怕，真的很害怕，我不知道我能不能處理得來？適應得來？怕得不得了，然後妳出現，好像是個救贖似的，把我救出那個來得太快的現實世界。

他停下動作，遲疑了一會，接著他另起一行：

我們是做了不對的事，這沒錯，否認不了，妳看過一部電影嗎？〈第三者〉？

我搖頭。

愛沒錯，錯的是人。

我想說些什麼，但他繼續敲著：

我們做了錯誤的選擇，但卻得到正確的結果，不是嗎？我們從錯誤中看清自己，明白自己，後來我們學會把那看成是一段治療，愛的治療，治療愛。

「陳——」

以手勢打斷我，他繼續：

如果生命讓我重來一次的話，我想我還是會犯錯的，因為那時候我就是會這麼做，我害怕，我逃避；可是我真的很感謝當時遇到的是妳，而妳要知道這點，好嗎？

我點頭。

但以下告訴妳的這些請務必保密，和妳在一起時真是我這輩子最難忘的夜晚。

「我以為是那些下午。」
原來妳也認為早上那次有點糗。
然後我們就笑了，笑以釋懷。
釋
懷

妳是我這輩子最後一個愛上的女人，妳呢？
「我？」
妳最後一個愛上的男人？你們還在一起嗎？
我搖頭。
第一眼看到妳的時候就猜到了，妳臉上有最後一次我看見的表情。
「什麼表情？」
想愛，卻不愛。
「不愛也是一種愛。」
那太苦了，不適合妳。

所以，我才會感慨，我們，只能不愛以愛。

妳應該笑，妳應該愛，妳應該幸福，妳應該原諒自己，還有愛。

「愛？」

妳還愛他嗎？

困了我兩年的問題，而今我依舊回答不出。

妳後來愛過別的男人嗎？

我搖頭。

那答案不是很明顯嗎？

我沉默。

給愛情一次機會，因為愛情給過我們一次機會。

「我——」

我很高興我失去的是聲音不是樂樂，我很高興一起犯錯的人是妳不是別人；而現在，我只剩下一個遺憾，就是妳的幸福，別讓我遺憾，好嗎？

好嗎？

≫之二≪

蘇沂

霈霈的訂婚宴在Hotel One舉行，27樓的宴會廳，席開八桌，只宴請雙方的親人，以及新娘本人極少數的好友；我很榮幸自己在霈霈心目中是極少數的好友之一、而不只是個睡過覺的朋友。

我有點感傷的發現Hotel One就是當初在葉緋居的露台望去那座半完工建築，我不知道它是什麼時候完工開幕的，我是很替它開心終究它還是完工開幕了。

終究。

霈霈的婚宴在晚餐時刻舉行，二〇〇八年的第一天，Hotel One。

〇七年的最後一天我吃過晚餐就睡了，因為沒什麼要緊事，也不再有過跨年的鬼心情；我睡了應該有十二個小時那麼久，因為隔天我醒在中午，是被簡訊吵醒的；起初我以為是霈霈捎來警告我不准缺席的簡訊，看了之後才發現並不是。

是葉緋。

好久不見則是簡訊裡所有的內容，這一刻我弄不太懂我該是什麼感覺才正確，兩年來我每天每天期待的就這刻，可是當它真正到來時，沒想到我的感覺居然是害怕，是的我害怕，我害怕她已經是別人的葉緋了，我害怕她已經不再是愛我的葉緋了，我——

我沒回簡訊。

刷牙洗臉之後我習慣性的給自己泡杯 UCC，然而呆望著熱開水溶解咖啡粉時，我卻又改變了主意，把咖啡倒掉我穿上西裝沒打領帶抹點髮蠟刮過鬍子接著我出門，無名咖啡館是目的地，說個故事則是個目的。

無名咖啡館，冷漠老闆娘，好久不見的非現實世界；推開那扇總能把現實世界關在外頭的木頭大門，我的視線和冷漠老闆娘碰個正著，那個眼神告訴我、她是記得我的，雖然她的表情可沒透露出半點訊息，不過她依舊捻熄了指間不抽的香菸，接著動手煮咖啡，不加糖，兩份奶。

整個過程我始終呆站在櫃檯邊看著，而這次她則是一點意外也沒有的樣子，理所當然的彷彿今天她一開燈就知道我跑來這裡這麼做那般。

當我的咖啡放上吧台時，拿出鈔票，我說：

「這是一千塊。」

『幾年之後你還是連支錄音筆也買不起。』

想也沒想的、她問我，依舊是沒有問號的問句；而我的反應是笑，開懷大笑，這是兩年來第一次我打從心底的笑了起來。

「我是買了支錄音筆，而且還對著它說了不少的故事，不過昨天我把它送人了，送給故事的女主角。」

昨天黃昏我把它放進牛皮紙袋裡塞進葉緋居的信箱，本來是想連同備份鑰匙一起的，可是結果走到葉緋居才發現忘了帶，可能我是故意忘記的可能我是真的忘記了，那又怎樣？又怎樣？

還了之後我就真能要自己不等了嗎？

「昨天睡覺時我沒想到妳會是我〇八年第一個說話的對象，哦，今天起床時也是，沒想到。」喝了〇八年的第一口咖啡之後，我說，「而今天的故事是關於一隻狗。」

『狗。』是問號。

「狗，一隻色瞇瞇的滑稽狗。」

昨天我遇見一隻狗，在轉角的那間便利商店，而當時我站在冷凍櫃前猶豫著午餐想吃燴飯還便當，就是在那個時候我腳邊有個什麼靠過來，視線下移我看見是隻扁臉圓身的滑稽狗以一副很有興趣的表情嗅著我小腿，好像想和這小腿做朋友似的還開心的就舔了起來、也沒問一聲；當下我想起米緋終究還是養了的那隻流浪狗、終究還是被愛了的流浪狗。這個念頭讓我蹲下搔搔牠耳背還和牠玩了一下下，結果這小子樂得東搖西晃的撞啊撞。

『抱歉抱歉，牠表達熱情的方式有點怪。』抬頭，我看見一個和我差不多年紀的女士既抱歉又好笑的跑過來，身後還跟著一位應該是她傭人的深膚色女子，『潔西，把胖大子牽好。』

「好有趣的狗。」起身我尷尬的望著雖然很胖但卻靈巧的已經把我的小腿當對象而動作起來的這胖狗，我問：「這是什麼狗？長得好像泥土捏出來似的玩具狗。」

『英國鬥牛犬，抱歉牠很色。』

乾脆蹲下自己拉開這小色狗，女子糗得臉都紅了，就是在那個當下，我想起葉緋。她們臉紅的方式一樣。

『好了、胖大子！不可以這樣！丟臉！』
「呵，沒關係，原來我的小腿很迷人。」
『沒弄髒你褲子吧？』
「沒事。」
我不是喜歡狗的人，但當時我卻還是和牠玩了一下為的是和她再聊一會，我迫切的想要知道她過著什麼樣的生活我甚至打量著她買了哪些東西還盯著她無名指上的鑽戒。我知道這樣可能會被她誤會我想搭訕她可是我真的管不了了，管不了了。當時我突然冒出個好可笑的念頭是，其實葉緋早已經結婚了，就和這位養了隻色狗卻依舊優雅的女子一樣。葉緋不是生我的氣、當時的我真的是這麼想著的，她只是移情別戀卻不好說出口，她其實結婚了，嫁給了某個和她門當戶對的豪門小開、長相還帥得剛好配他的跑車；每天葉緋帶著女傭牽著狗好優雅的過日子，而那才是她該過的日子，不是嗎？
「然後我發現自己這樣想著想著居然不可思議的就好過了一點，好過了很多。」
把咖啡喝乾，再續了一杯之後，我又說，我才說：「因為在這個故事裡，她起碼是幸福的。」
『結果呢。』

「然後我走出便利商店直接走回公寓把錄音筆放進牛皮紙袋裡送給她，不過妳放心，待會我走出這裡之後會記得再去買支錄音筆。當凱子不是我的興趣。」

『我問的是結果你吃的是什麼，燴飯還便當。』

然後我就笑了。

「謝謝。」

『起碼你有進步，這次你一杯咖啡只花五百。』

我又笑，笑得流眼淚，累得心都痛了。

都痛了。

我在無名咖啡館待到霈霈婚宴開始才離開，離開的時候我手機響起，而這次我接起。

『好久不見。』

她說，這次她親口說，而我沉默，我是想說些什麼的，可是我什麼也說不出口，我哽咽。

『是無名咖啡館才對。』

「嗯？」

『我們第一次見面的地方，是無名咖啡館才對。』

「妳聽了？」

『我收到了，那包裹。』

葉緋笑著說，笑裡有眼淚。

接著我知道，她搭今天第一班的高鐵回家，回葉緋居，接著她在信箱前看到了署名蘇沂的牛皮紙袋，句點到了，她以為；她本來是不想打開甚至想就這麼把它留在信箱裡置之不理的，可是還好她終究取出了，然後打開來，然後……

『然後我傳簡訊給你，可你沒回，接著我走到 Hotel One 喝了整下午的咖啡為的是等忘廊開。』

「忘廊？」

『嗯，此刻我就在忘廊，29 樓 lounge，一個人待著卻點了兩杯酒在桌上，一杯是自己喝的 whiskey sour，一杯是點來對它說故事的 whiskey，沒辦法，whiskey 的主人不回我電話。』

我的嘴角漾出一抹甜，雖然看不見，但我想像此時此刻的葉緋也是。

「什麼故事?」

『句點之後的故事，那兩年。』

「精采嗎?」

『不精采，很無聊，空白的兩年，一個人，孤獨。』

「那我比妳精采些，昨天我迷住一隻狗，雖然更正確的說法是，牠被我的小腿迷住了，迷得不得了。」

然後她笑，依舊是我記憶中的笑聲，甜又柔的笑，笑裡有溫柔，我愛的溫柔。

『嘿!我們還可以去看雪嗎?今年冬天還沒完呢?』

「當然。」

當然。

『去哪?東京?』

「隨便，只要有妳的地方就可以。」

『呵，但我還是比較希望你先過來把我對面的這杯 whiskey 喝掉。』

「妳忘記還有個婚禮嗎?」

『我記得，在27樓的宴會廳，已經開始了，我走到門口放了紅包，然後簽名，然後不知道為什麼我沒進去，我反正轉身離開再上樓，忘廊，我喜歡這名字。可能是我想忘記什麼吧。』

「或者是想起什麼？」

『或者是想起什麼。』

在走向忘廊的路上，我忍不住的思考，或許，當初的葉緋，是對的；我們墜得太快也陷得太深，我們失控；而兩年的分別或許難熬或許殘忍，但，透過失去卻反而因此讓我們更懂得珍惜，珍惜，愛情給過我們的機會。

The End

不愛，也是一種愛/橘子作. -- 初版
-- 臺北市：春天出版國際, 2008. 01
面；　公分. --（橘子作品集；19）
ISBN 978-986-6675-17-1（平裝）
857.7　　　　　　　97000815
國家圖書館出版品預行編目資料

不愛，
也是一種愛

橘子作品集 19

作　　者◎橘子
企劃主編◎莊宜勳
封面設計◎克里斯

發 行 人◎蘇彥誠
出 版 者◎春天出版國際文化有限公司
地　　址◎台北市忠孝東路四段303號4樓之一
電　　話◎02-2721-9302
傳　　眞◎02-2721-9674
E-mail　◎frank.spring@msa.hinet.net
網　　址◎http://www.bookspring.com.tw
部 落 格◎http://blog.pixnet.net/bookspring
郵政帳號◎19705538
戶　　名◎春天出版國際文化有限公司
法律顧問◎蕭顯忠律師事務所
出版日期◎二〇〇八年三月初版一刷
　　　　◎二〇一一年三月初版一刷
定　　價◎220元

總 經 銷◎楨德圖書事業有限公司
地　　址◎台北縣新店市復興路45號3樓
電　　話◎02-2219-2839
傳　　眞◎02-8667-2510
排　　版◎浩瀚電腦排版股份有限公司
印 刷 所◎鴻霖印刷傳媒股份有限公司

ISBN 978-986-6675-17-1
Printed in Taiwan